LÉNA

Virginie Deloffre est médecin à Paris. *Léna*, son premier roman (Prix des libraires 2012) entraîne le lecteur au cœur de l'âme russe.

VIRGINIE DELOFFRE

Léna

ROMAN

ALBIN MICHEL

ISBN : 978-2-253-17567-4 – 1re publication LGF

À Jacques Robert.

Pour Tatiana.

Эти бедные селенья,
Эта скудная природа –
Край родной долтотерпенъя
Край тьі руссково народа

Ces villages misérables
Cette terre pauvre et nue
Terre natale de la patience
Le pays du peuple russe

Fédor Tioutchev.

I

L'ABSENCE

Arkadovnié, 24 novembre 87

Mon bon et cher Mitia,
et toi ma douce Varia,

Le bonheur est-il comme la pâte dont on fait le pain, qui se lève, puis bientôt se rassit ? Me voilà désertée à nouveau, Vassili est reparti à la Base.

Pauvres chers miens, n'êtes-vous pas lassés depuis tout ce temps que j'écris la même chose ? Pourtant, comme elle est claire ma vie, si je dis simplement cela : Vassili vient, puis il repart à la Base.

Et moi, je suis toujours au même endroit. Je travaille tous les jours au combinat, j'ai mon tablier bleu, les mains posées sur les genoux. Il me semble que petite, déjà j'étais de nature immobile.

Sans doute je pense tout le temps à Vassia, mais je ne m'en rends pas bien compte. Le soir, sur le chemin du retour, je fais la queue dans les magasins. Cela me convient. Attendre m'est naturel puisque j'attends Vassili sans cesse. Les rayons sont devenus de plus en plus vides depuis quelques mois. Il y a des files d'attente pour tout, je n'ai que l'embarras du choix. Je prends mon tour, je m'inscris dans le ruban bariolé qui décore le gris de la rue. Je suis debout, puis j'avance, d'un ou deux pas, au milieu des autres, puis debout à nouveau. Je suis à ma place au cœur d'eux, dans notre interminable patience. Je m'y sens bien. Dans la queue, il y a les conversations des grands-mères autour de moi, je les entends bruire. Il y en a d'aiguës et il y en a de graves, je m'enveloppe dans leurs paroles comme dans un long châle sonore qui s'étire le long du trottoir. Il y a une petite vieille qui est toujours là, toute ronde avec la tête penchée. On dirait une théière avec le couvercle de travers. Elle ne manque pas de me demander des nouvelles de Vassia, qu'elle appelle « notre officier », comme si elle le partageait avec moi, qu'elle me le concédait presque, par charité. Des nouvelles, il n'a jamais pris l'habitude d'en envoyer, mais je trouve bien quelque chose à dire. C'est que j'ai besoin d'elle, car elle fera la queue pour moi quand il sera de retour. Elle nous apportera quelque trouvaille. Elle en profitera bien sûr, elle s'installera pour fureter à son aise dans la pièce avec son couvercle de guingois, faire des commentaires sur tout et me reprocher le linge en retard. Peut-être qu'elle serait méchante si elle n'était pas si ample. Mais de s'être arrondie lui a poli aussi le caractère, et quand je la vois rouler jusque chez nous son filet au bras, elle est comme un signe qu'il est revenu, une hirondelle, si l'on peut appeler hirondelle un vieux pot à lait mal fermé.

Et le temps qu'elle m'épargnera alors est précieux.

Car si Vassili vient, je ne veux plus être dans les magasins. Je veux rentrer vite du combinat, être près de lui toutes les minutes que la Base m'a abandonnées. Je veux entrer dans sa présence entièrement et m'y adonner sans que rien ne puisse m'en extraire. C'est comme si j'avais deux vies, deux rythmes, quand Vassili vient, et quand il repart à la Base.

Mais je ne sais jamais. Il ne s'annonce pas. Son retour, presque toujours, est le même : il est là tout d'un coup. L'attente s'évanouit aussi brutalement qu'elle était apparue. Alors la vie s'inverse.

Ce n'est pas qu'il veuille me cacher quoi que ce soit. Au contraire quand il vient, il est animé encore de sa vie là-bas, il en parle les premiers jours avec une joie rapide, puis son récit s'apaise. Mais c'est le Commandement qui ne le souhaite pas. Le programme des manœuvres reste naturellement secret, ainsi que les permissions qui en découlent. Et je suppose que nous vivons toutes pareillement, les épouses des pilotes soviétiques, hachurées par le plan des vols.

Je m'y suis habituée. Et même je préfère ainsi. Il me semble que l'absence de Vassili serait moins pure sinon, comme entachée par la connaissance du moment exact de son retour. Lorsqu'il tire la porte, puis tourne le coin de la rue, il disparaît dans un monde qui se conserve inconnu. Alors le temps s'enraye, et je m'enfonce en son absence. Elle est telle une longue, longue plaine, facile à marcher. Si haut que l'on cherche à grimper, on ne peut en voir la fin. Et c'est son infini qui me protège. La ligne des montagnes à l'horizon qui clame que la steppe a une borne, il ne faut pas l'imaginer. Abolir en soi l'instant qui ramènera Vassia, l'espérance aux couleurs trop vives et son déchirement, pour se recueillir en attente suspendue, éternelle.

Les images aussi, je les bannis soigneusement. Ses avions avec leurs tableaux de bord, toutes ces choses dont il me parle constamment, je n'en ai aucune idée. Je ne sais pas comment on monte dedans, combien de marches, la couleur des sièges, ni de quelle façon il s'y assoit – légèrement penché comme sur la chaise de la cuisine, ou enfoncé pareil au fauteuil qu'il y a chez Vania ? Je ne le vois pas. Et dans cette étendue vide et sans limites qu'est son éloignement, nous sommes ensemble.

Ce sont les images qui nous séparent. Je crains les informations, les détails surtout, ce sont des couteaux tranchants qu'il ne faut pas approcher. Il suffit d'une phrase, qu'on me dise : « L'escadrille décollera de l'aérodrome militaire de X à 13 h 40 », et je ne peux plus contourner la réalité, des ailes de métal, des cadrans qui clignotent, un magma confus de visions qui m'apeurent. Un petit hanneton de son régiment par exemple, qui fait du zèle, vient bourdonner chez moi qu'il a quitté la Base avant lui et qu'il connaît le moment de son retour. Tout heureux, il fait une phrase pleine de dates et d'heures, qui ébranle mon atmosphère, fait vaciller mon chemin. Gentiment je pousse le hanneton dehors mais il me faut longtemps pour retrouver la paix.

Quand j'écris cela, je sais ce que tu penses Mitia, et tes sourcils qui s'agitent. J'ai fait de l'absence de Vassili un conte personnel, une légende intérieure que nulle aspérité de la réalité ne doit troubler. Je m'y suis enfermée, dedans de hautes murailles, n'est-ce pas ? Et je m'applique, laborieusement, à y devenir aveugle et sourde. Vassia ajoute : bornée. Il admire, depuis cinq ans que nous sommes mariés, que je sois restée dans une incompréhension intacte de ce métier qui constitue sa vie, sa passion, le plus clair de son temps et de ses conversations. Mon entendement, et tous mes sens même, semblent capables de se fermer électivement à ce domaine, dans lequel pourtant il me baigne en permanence, et ce tour de force l'émerveille. D'après lui, j'aurais érigé l'imbécillité sélective en principe de vie, quasi en système philosophique.

Il dit aussi que l'ignorance est ma pelisse, que je m'y enroule bien au chaud puis hiberne pendant toute son absence, en complète sérénité. Et que je suis à la merci de la moindre mite... J'aime quand il se moque de moi, cela me fait du bien comme un bon sirop. Il dit vrai, l'ignorance est mon assise, c'est le sol sur lequel j'avance. Un sol bien ferme, durci par le gel de l'attente, qui offre au marcheur sa surface sûre et fidèle. Mais l'ignorance, il la faut hermétique. Les descriptions, les connaissances, ce sont des menaces qui guettent chacun de mes pas, comme ces crevasses dissimulées sous des ponts de neige cachant des gouffres, des cavernes béantes, la chute peut-être.

Oui, je le sais que son métier est dangereux, je sais combien de pilotes meurent dans des exercices ou des vols d'essai. Et aussi que ce savoir doit rester derrière une cloison de notre existence. La cloison, je suis tranquille, c'est moi qui la bâtis. Et je suis reconnaissante à l'armée soviétique qui m'a tant aidée, avec sa manie obsédante du secret, à en calfater les recoins.

Il arrive que par une fissure sa vie réelle me parvienne, rarement heureusement. Vous souvenez-vous l'an dernier, quand j'ai écrit de Moscou ? Son régiment était désigné pour participer aux fêtes de la Révolution, il devait piloter un Soukhoï dans la démonstration aérienne du deuxième jour. Il était si fier, et moi si déconcertée. J'étais invitée par l'état-major, et logée dans un appartement que je trouvais trop vaste, ou trop luxueux. C'était la première fois que je venais à Moscou. La Ville aussi me mettait mal à l'aise, trop pressée, trop rapide pour moi. Je me voyais bien telle que je suis, et quel mauvais choix il a fait : une enfant du Nord sibérien à l'aise dans le silence et les déserts glacés, terrorisée par la ville, tout le contraire de la compagne qu'il faudrait à un pilote de l'armée de l'air soviétique. Toujours, j'ai eu ce sentiment de ne pas être à la hauteur de Vassia. Mais en vérité, comment faire s'il se produit à cinq mille mètres du sol ?

Le pire, ce fut le programme avec les horaires dans les journaux. Le pays entier savait où il était, ce qui l'occupait en ce jour-là. Et moi qui ne sais jamais rien. Son escadrille était annoncée, j'ai levé la tête comme faisaient les autres autour. Vassili était absent depuis deux mois, deux longs mois que je ne l'avais vu, ni rien su de lui. Je pensais, pourtant, le voilà qui passe au-dessus de moi. C'est le troisième sur la droite, voilà que je sais exactement où il est et ce qu'il fait, qu'il y a des taches dans son absence. Je regardais le petit point de Vassili dans le ciel, puis alentour. Il y avait le vrombissement des moteurs, l'odeur du kérosène, les cris heureux de la foule. Et moi au milieu, cernée de sensations étranges, qui me sont hostiles, qui ne sont pas de mon monde.

Tout était erroné. L'absence de Vassia, je la connais bien, elle n'est pas ainsi. Elle ne fait pas de bruit et elle n'a pas d'odeurs. Elle me prend par la main, m'attire près de la fenêtre.

Dans la cour de chez nous pousse un orme, qui tend jusqu'à nos carreaux ses grands bras feuillus. Les arbres ! J'en avais regardé des images bien sûr dans les livres d'école, mais le bruit qu'ils font quand le vent les agite, et l'odeur qu'ils ont, comment savoir chez nous dans la Sibérie polaire ? La première fois que je les ai vus, c'était toi Mitia qui m'avais emmenée, vers le sud là où ils poussent. D'abord ils sont apparus timidement aux confins de la taïga, puis par groupes, de plus en plus hardis, puis en royaume, immense et verdoyant. L'enchantement est resté. Je suis devenue comme Tsvetaïeva qui pouvait écrire n'importe où, s'il y avait seulement une table, une fenêtre, et un arbre sous la fenêtre. Moi je vis là, sous cette fenêtre. À lire, ou à coudre, quand il est là et que j'entends sa voix à côté. Et quand il est parti ? À rien souvent, les mains posées sur les genoux. Maria alors m'apporte de la couture en retard, des légumes à éplucher, pour m'occuper, croyant me faire plaisir. Mais non, à rien je préfère. L'absence de Vassia m'entraîne auprès de la fenêtre, m'y assoit délicatement, m'y installe. Elle est confortable et douce au toucher. Elle tisse autour de moi sa toison invisible en laquelle je m'oublie. Elle se consume en moi son absence, lentement au fil des semaines qu'elle dure, le long des files d'attente, et le soir sur le chemin du retour. Elle m'accompagne. Elle ressemble à la lampe de notre maison quand je rentrais de l'école, si petite et tremblante au fond de la route, et vous dessous en certitude.

Car vous deux au contraire, je vous vois tout le temps. Je te vois en ce moment oncle Mitia, sous la lampe jaune dont les bords s'écaillent, tu tiens ma lettre à la main, encore une lettre. Varvara à ton côté fouille dans le poêle, qu'est-ce qu'elle nous dit donc

Lénotchka. Et vous le savez d'avance ce que je vais dire, depuis toutes ces années que je vous écris ponctuellement, à chaque venue et chaque en aller de Vassili. Sous la table, je vois le tiroir où s'entassent mes lettres. Ce sont les traces, le goémon déposé, tous ses départs et tous ses retours, ce qu'il en reste, mes cailloux sur la route passée. Je suis tout entière dans ce tiroir sans doute, sous votre garde et votre regard.

Je vous embrasse tendrement. Croyez en moi, je vous aime.

Léna

– Elle est arrivée ? Oh que je suis contente ! Faites voir, Mitia, mais lâchez-la donc ! Dirait-on pas qu'elle vous appartient cette lettre ? Elle en a mis des tartines dites donc… Y en a au moins dix feuillets serrés. Avant dans leur début, elle en mettait pas tant. Elle te bâclait trois petits mots de billet et contentez-vous avec ça… Vassia est arrivé hier, il va bien, on vous embrasse tous les deux. Et voilà pour les vieux, c'est assez. Tout ce qu'elle écrit ces temps derniers ça réchauffe le cœur… Mais vous croyez que c'est bon signe, vous ? Faudrait pas que le mariage ait tourné comme une mayonnaise au soleil. C'est quand même drôle la manière qu'ils vivent tous les deux, on dirait une femme de marin. C'est pourtant pas sur l'eau qu'il se tient lui, c'est plutôt les hauteurs son rayon. Vous pensez pas qu'elle aurait pu le suivre dans sa base ? Paraît qu'ils en ont des beaux logements pour les militaires ! Plutôt que de dépérir la moitié de l'an, ce serait sa place à ses côtés. C'est pas votre sentiment, vous ? Franchement ?

Ils sont tout justement tels qu'elle les a imaginés. La grosse Varvara fouille joyeusement du tisonnier, bringuebalant sa carcasse trop chargée d'un pied sur l'autre comme un escabeau mal établi. Dimitri silencieux s'est accoudé à la table et tient la lettre à la main, sous la lampe jaune dont les bords s'écaillent. Il est de quelques années son cadet, mais cela ne se voit plus guère. L'Arctique s'est acharné sur son visage osseux et l'a creusé comme une terre à labour. Selon la lumière et la pliure qu'ils prennent, on trouve à ces sillons un air de sévérité sèche, de douceur, ou de lassitude. Il répond de sa voix grave en secouant la tête :

– Oh non, elle n'aurait pas pu. Il est muté d'une base à l'autre, deux fois déjà en cinq ans, c'est son lot, la vie qu'il a choisie. Mais elle qui a tant de mal avec les changements… Elle a trouvé un coin qui lui convient parce qu'il y a un arbre dans la cour, alors elle reste là près de l'arbre. Elle est trop difficile à déplacer, c'est comme si on la mettait à nu. De toujours elle a été comme ça. Rappelez-vous, petite, là, près du poêle…

– Dame, elle était pas dure à garder ! Elle demandait pas plus de surveillance que pour une tortue. On la posait quelque part, deux heures après on revient, elle est toujours au même endroit. Elle aurait fait le bonheur d'un peintre, elle aurait gardé la pose sans embarras… Surtout belle comme elle était avec ses grands yeux qui vous prenaient au cœur. Et cette lenteur ! Pour l'habiller le matin j'en prenais des coups de sang. Bon, alors, c'est-y qu'il part ou qu'il revient ce coup-ci ? Moi je m'emmêle dans leurs va-et-vient. Ah non vous n'y pensez pas, y en a trop, c'est des romans qu'elle nous fait maintenant ! Lisez-la vous. Hautement s'il vous plaît, que j'entende bien. Mais oui, je m'assois.

Et Dimitri commença la lecture.

Elle ne s'asseyait jamais Varvara. Il fallait l'arrivée de la lettre pour qu'on voie cet événement, son séant une grande heure au repos sur un siège. Il faut dire que la vie ne lui en avait guère laissé le loisir. La guerre, les enfants à élever, les plans quinquennaux à boucler en quatre ans selon l'arithmétique personnelle du Petit Père, l'avaient successivement occupée. Les enfants grandis elle avait cru pouvoir souffler. C'est alors qu'on lui avait collé un locataire, ce Dimitri Fédorovitch, un professeur surgi de la ville qui n'était jamais reparti et se trouvait toujours là depuis plus de vingt ans à lui embrouiller la tête. Et quelques années plus tard à l'orée de la vieillesse, il y avait eu l'arrivée inattendue de cette drôle d'enfant, Eléna, remuante autant qu'un limaçon, mais qui lui avait causé plus de tourments que tout le reste réuni avec ses grand yeux gris et muets.

Ouiche, quand ça vous le voyez, vous, le temps de s'asseoir ? Elle farfouille toujours dans le poêle, marmonnant plus par principe que par conviction. Dimitri tente de la faire taire en lui avançant un siège. Ils forment un étrange duo, lui l'intellectuel moscovite échoué par hasard dans ce trou perdu de Sibérie, et elle la brave kolkhozienne du cru. Un duo que Varvara domine par son bavardage incessant et sa profusion de souvenirs.

Elle était née en 1921 la bonne Varia, dans une famille de paysans si démunis qu'ils n'avaient pas grand-chose à redouter de la Révolution quel que soit ce qui en sortirait. Son père avait la taloche et la tendresse aussi faciles l'une que l'autre, et régnait en maître sur ses six marmots. C'était un sacré bonhomme, fort en goule et bon conteur, jamais en panne pour ce qui est de discourir. C'est que la langue, c'est pas comme les chaussures, ça s'use point pardi ! Il n'en finissait pas de raconter. Pour ses petits agnelets, ces chanceux nés sous la bonne étoile rouge, qu'ils sachent un peu comment c'était avant. Le soir il alignait sa marmaille sur le banc et à toute volée de sa forte voix leur enfonçait le passé dans la tête, la Russie qu'il avait connue, celle des exploiteurs et des crève-la-faim, et que sa mère était née serve – oui, leur grand-mère Anfissa, elle était née avant l'abolition du servage. Parce que le Moyen Âge, mes petiots, chez nous c'était hier.

« Imaginez-vous cette époque mes enfants, disait-il en tapant de son gros poing sur la table, et la brochette de galopins sursautait à l'unisson. On dormait dans la vermine sur des planches de bois, marmaille et adultes emmêlés, si abrutis d'épuisement qu'on était pour ainsi dire de vrais animaux, à qui ne restait pas même la force de la conscience, fût-ce la conscience de toute sa misère… Ah les bougres d'affameurs du peuple, ça leur suffisait donc pas ? Ils sont venus nous arracher à la terre, nous traîner en guenilles jusqu'à la frontière pour défendre la Russie et le tsar un revolver dans le dos ! C'était-y notre affaire les Empires et leur guerre ? Allait-on crever dans des tranchées pouilleuses pour leurs archiducs enrubannés ? Les désertions mes lapins, ça courait les rangs plus vite que la vérole… Ils s'en allaient les soldats du tsar, ils se détachaient un à un comme des fruits suris, à tel point qu'à certains régiments ne restait plus que le trognon. Ils s'en allaient errant par la campagne, cachés dans des buissons, grelottants et faméliques, serrés contre leur arme qu'ils avaient pris soin d'emporter, leur seul trésor…

Ah mes enfants ! Pour les gueux de cette sorte, figurez-vous qu'il fut le bienvenu le turbulent, le retentissant Octobre 17 ! Point besoin de peser à l'once près, on avait bien su vers qui tourner les fusils quand elles sont arrivées au grand galop les années flamboyantes, les filles d'Octobre, en leurs atours et tintamarre, en leurs habits rouge sang ! Rouges les étendards et les bâtiments, rouges les pavés et les ruisseaux, rouge la bourrasque de désirs... Un vent puissant s'était mis à souffler sur la Russie, en tourbillons qui emportent tout ! Nous les guenilleux, on avait ouvert à deux battants la grande porte du futur. On crachait dans nos mains, on se penchait dessus pour y découvrir le visage de l'avenir. Car c'était là qu'il était tracé, dans ces cals et ces crevasses ! Allons dis camarade, que vois-tu ? Discours et causeries du matin jusqu'au soir... Comment qu'il sera, raconte, le monde nouveau ? Un grand flot de paroles bondissait sur la Russie ! Ah les belles années, les filles d'espoir... »

Bien sûr la vie humaine ne comptait guère plus qu'auparavant, et la gamelle à peine plus remplie. Sur les six enfants, deux moururent de faim en 28. Mais le père, à la section, apprenait à lire. Le soir il ânonnait le journal à haute voix, empêchant tout le monde de dormir car c'était son but à la vérité, que chacun sache et écoute. Lui le miséreux fils de miséreux, il savait les lettres, il avait la conscience... Il connaissait les mots de sa condition, il les déchiffrait dans son journal au soir tombant, en détachant les syllabes, pour ceux-là des enfants qui lui restaient et vivraient à l'avenir comme l'écoutait la petite Varvara, les yeux grand ouverts...

Ainsi grandit Varia dans le vacarme de la misère révélée. À seize ans c'était une solide fille, qui quittait sa famille d'un pas vif et vaillant pour s'en aller travailler au sovkhoze. À dix-huit elle s'était mariée avec Victor, un du village qu'était pas mauvais gars et ne buvait pas plus que les autres. Une belle fête qu'ils avaient eue ! Sur le seuil de sa nouvelle maison son père l'avait embrassée, et hop, dans les bras du Victor ! Elle était gracieuse Varvara de ce temps-là, et pas volumineuse comme maintenant, facile à soulever. La maison était plaisante, tout en bois avec sa clôture en rondins non écorcés. La belle-mère en revanche était grincheuse et impotente, mais qu'importe ? Le soir dans la soupente juste assez large pour leur lit il faisait bien chaud auprès du Victor, et en avant les câlineries… Le résultat ne s'était pas fait attendre, au printemps suivant elle était munie d'un beau petit, un garçon, dont ils n'étaient rien moins que fiers. Ah ces quelques mois de bonheur, il faut les serrer bien fort en sa mémoire comme un avare les cordons de sa bourse, des fois qu'on en aurait pas d'autres…

– Enfin Varia, allez-vous vous asseoir une bonne fois, ou faut-il supplier à genoux ? Allons je vous connais, vous divaguez, vous divaguez, après vous perdez le fil et je dois reprendre la lettre depuis le début.

Mais non, ce n'est point son idée. Il y a des jours comme ça, où il n'y a guère moyen de l'arrêter, ni les jambes ni la langue. Elle part en babil et souvenirs, l'un entraînant l'autre, et il faut qu'elle dévide sa pelote jusqu'au bout.

– S'asseoir, toujours s'asseoir, rechignait-elle en s'échauffant à mesure, mais c'est une obsession chez vous ma parole ! C'est des manières qu'on m'a pas enseignées à moi, figurez-vous. Ça sort d'où cette habitude maintenant qu'il faudrait se percher sur une chaise à bayer aux corneilles ? Des jeunes générations qu'ont du jus de carotte dans la mémoire assurément, et dans les mollets en quantité, des volatiles de Moscou qui dansent le rokeunrolle jusqu'au matin. Et quand ça d'après vous j'aurais pris cette coutume-là, de m'asseoir ? Savez-vous bien quel âge j'avais en juin 41 ?

Allons bon. Pourtant on ne peut pas dire qu'elle parlait souvent de la guerre, non, ce serait mentir. Seulement ça la prenait de façon inattendue, comme tout d'ailleurs, au coin d'une pensée, par un saut d'idée saugrenu qu'il n'aurait su prévoir en lui avançant un simple tabouret. Elle partait alors en errance dans sa mémoire et il savait qu'au bas mot, avec les détours et les commentaires, il faudrait compter maintenant une bonne heure avant d'arriver au bout de la lettre. Mais il lui emboîtait le pas sans impatience, mi-résigné mi-touché, curieux encore malgré plus de deux décennies passées en sa compagnie.

– Vingt ans, Varvara…

– Précisément ! Vingt ans quand ces cochons d'Allemands ont franchi la frontière par surprise, comme des voleurs. Ah les sournois, les misérables !

Elle avait complètement oublié la lettre. Elle se tenait debout devant le poêle, rajustant d'interminables couches de chandails, tremblant d'indignation comme si l'invasion ennemie était survenue la veille.

Il faut dire que chez elle, le temps n'agissait que sur l'écorce. À l'intérieur les révoltes comme les chagrins se conservaient intacts, s'enflammaient et se succédaient de façon imprévisible, aussi vifs et changeants que la lumière du jour. La colère céda brusquement et son visage s'emplit de tristesse.

– Oh Mitia ! C'était des jours sombres, pleins d'angoisse, comme si la lumière avait baissé tout d'un coup. Même si vous étiez jeunot, ça vous en souvient… Ils fondaient sur nous, on voyait les frontières s'écrouler une à une, la Biélorussie, l'Ukraine, les pays Baltes. Ah, le malheur avait mis ses bottes de sept lieues. Il avait fini d'avaler l'Europe, il s'avançait vers nous maintenant. On le regardait s'approcher, stupéfaits, incrédules, une douleur terrible au fond du cœur…

Seigneur, qu'est-ce que vous voulez y faire ? Je l'ai accompagné à la gare, mon Victor. C'est comme si c'était hier. On était des milliers pareilles sur ces quais avec un petit dans les bras, dans les cris, la foule, les paroles inutiles et celles qu'on retient. Et puis le train s'en va et l'on s'en retourne à pas lourds au sovkhoze dénudé où tout a été réquisitionné pour le front, les hommes, les tracteurs, les chevaux. Alors on a moissonné, les femmes et les enfants, avec des bœufs quand on en avait, avec nos bras sinon. On s'attelait aux charrues avec des gamins de dix ans. Dites, vous croyez vraiment que c'est le moment qu'on aurait pris le pli de s'asseoir ?

Elle le regardait d'un air indécis. La question la préoccupait. Elle semblait se demander si elle n'avait pas eu dans ces années-là une occasion de s'asseoir qu'elle aurait manquée. Mais rien ne venant décidément, il fallait chercher plus loin et elle reprit avec ardeur :

– Laissez-moi parler ! Non, j'ai pas fini ! À l'automne il y a eu l'évacuation des industries menacées par l'avancée allemande. Misère, quelle opération… Est-il possible qu'on en soit venus à bout ? Plus d'un millier d'usines démontées pièce par pièce, tout le Donbass et l'Ukraine transférés vers l'Oural et la Volga par convois ferroviaires. Jusque chez nous en Sibérie il en est venu, une fabrique de moteurs en provenance de Smolensk. On arrivait des villages alentour, de loin parfois, avec des pelles et des pioches. La terre gelée était dure comme la pierre, il fallait s'épuiser à y creuser un trou puis la faire sauter à la dynamite. On travaillait même la nuit avec des lampes à gaz pour monter les nouveaux bâtiments. On était si vaillants, on y mettait tant de forces… à croire que le pays n'attendait qu'après ces maudits hangars pour arrêter les Allemands ! Oui vraiment, chacun de nous pensait qu'avec sa pioche il allait sauver la Russie.

L'hiver arrivait. En novembre les premiers trains sont entrés en gare avec les machines-outils dessus, couvertes de givre blanc, comme des fantômes aux suaires dressés dans la nuit. Les hommes les déchargeaient. Notre tâche, c'était de les dégeler pour qu'ils puissent les remonter. On entretenait de grands feux en cercle autour des machines, et il en venait toujours, sans cesse des quais aux hangars, des fourgons avec leur chargement de spectres à la lueur des brasiers. Les ouvriers et les spécialistes sont arrivés juste après. Ils descendaient des wagons, hébétés et transis, après des jours de voyage, et se mettaient au travail sur-le-champ à peine une soupe dans le ventre. Ils nous montraient comment procéder, il aurait pas fallu qu'on leur remonte leurs outils de travers. Au bout d'un mois, Mitia, l'usine était debout et la production prête à reprendre. En un mois seulement !

Attendez, arrivés là l'embarras qu'on a eu, c'est que des ouvriers y en avait pas assez. Comment faire ? C'est la moitié au moins qui manquait, qu'était restée sous les bombardements. Alors nous les femmes, on s'est mises aux machines. Il fallait bien qu'on se rende utiles. On travaillait des quinze heures par jour, avec les mains cloquées d'engelures. On songeait pas à se plaindre : les autres étaient au front. Mais c'est pas encore l'époque qu'on aurait pris le penchant de s'asseoir, m'est avis…

Bah, reprit-elle, le moyen de faire autrement, puisque c'était des moteurs pour les tanks ? C'est qu'on pense à son Victor dans ces cas-là. Il en conduisait un de tank, rapport qu'il savait manœuvrer un tracteur, on l'avait fourré là-dedans après quarante-huit heures d'instruction. Oh il a eu de la chance, il a pas écopé des vieux BT-7 qui flambaient comme des allumettes. Un T-34 il a eu, dès le début de la guerre, ça c'était des chars, meilleurs que les Panzer qu'il disait dans ses lettres. Pauvre Victor, qui avait juste eu le temps avant de partir de me faire le cadet… Oh je sais, je l'ai trop gâté celui-là, j'en ai fait un chenapan. Je le grondais, je le corrigeais, mais le cœur n'y était pas comme il faut à cause qu'il a jamais vu son père. Faut-y être bête aussi, pour survivre à Stalingrad, traverser l'Ukraine et la Pologne sur son T-34 et s'en aller mourir à Königsberg deux mois avant la fin de la guerre… C'est pas un nom pour mourir ça, Königsberg. Ça vous racle la gorge, on dirait un crachat puis un rot s'ensuivant. Je suis bien reconnaissante à Staline qu'il a rebaptisé ça Kaliningrad par la suite. Maintenant c'est à Kaliningrad qu'il est mort mon Victor, ça sonne quand même plus joli, non ? Kaliningrad… on dirait des clochettes d'enfant qui résonnent dans la forêt. On doit y reposer tranquille et en douceur, il me semble… – oui, grâce à Staline, que je remercie pour le sommeil de Victor, même si c'est plus la mode. Non, je n'ai pas honte de le dire. C'est un exploit formidable qu'on a fait de ce temps-là, et sans Lui, on n'aurait pas pu y arriver !

– Dites, Varvara, l'interrompit-il en fléchissant la voix, je suis sûr que vous l'avez conservé Son portrait, hein ? Avouez, sous une planche ? Ou sous votre matelas peut-être ?

– Non mais des fois, vous fouillez sous mon matelas maintenant ? Et alors, si je l'avais gardé Son portrait ? Qui viendrait m'en faire reproche, les gamins de maintenant qui pensent qu'aux bloujinnes et comprennent rien à rien de cette époque ? Votre ami Zinoviev, il en connaît qui sont morts avec Son portrait caché sous l'oreiller, entre deux icônes. Allez comprendre la Russie après ça… Je sais les crimes qu'Il a commis, avant et après : la collectivisation je l'ai vécue, et en direct encore, je peux en parler même beaucoup mieux que certains. Mais on aura beau dire, il y a eu juillet 41. Quand la déroute était sur nous et qu'il nous a parlé dans la radio, qu'il nous a dit « Frères et sœurs ! »…

C'était un moment effroyable. L'Armée rouge était pourtant invincible, on nous l'avait dit tant de fois ! Alors comment était-ce possible ? Des armées entières encerclées et détruites, les Allemands aux portes de Kiev, de Leningrad et de Smolensk, en moins de deux semaines... Et dans tout ça le silence des autorités, les communiqués désespérés ne parlant que de recul et de pertes, le discours bégayant de Molotov pire encore que le silence. Le doute était en nous, c'était un poison qui nous viciait les veines pareil aux envahisseurs souillant nos villes et nos labours. Avait-on fait la Révolution pour voir ça ? Des années de sacrifices, et les nazis sur le sol russe ! C'était comme la fin du monde. Alors Staline a parlé. Il est arrivé dans la radio, avec sa voix épaisse et son gros accent de Géorgie. Et dès la première phrase on a su ce qu'il allait nous dire, on a su qu'on allait le faire, même si on devait y rester jusqu'au dernier. Je l'entends encore... « Camarades, citoyens, frères et sœurs ! Je m'adresse à vous, mes amis ! » Jamais il ne nous avait parlé ainsi. Il nous sembla soudain qu'on était plus forts, que la lumière revenait.

– Hé, Mitia...

Tout son chagrin était en train de s'envoler, chassé par un autre souvenir, et elle le poussait maintenant du coude, la figure secouée par le rire.

– Hé, cet accent de plouc du Caucase qu'il avait... Vous vous souvenez ? La rigolade... « chjiteuyens de L'Eunion Cheuviétique » ! Non faut pas se moquer, c'est pas bien. C'est quand même pas sa faute à ce pauvre homme s'il avait un accent. Quelle époque tout de même, heureusement que c'est de l'histoire ancienne.

Elle avait repris son sérieux et ralenti son affairement. Elle soupirait les yeux dans le vague et dans ses souvenirs, mais souriait aussi, d'un sourire timide qui lui allait étrangement bien, parce qu'on ne cherche pas à se vanter, parce que ce qu'on a fait voyons c'est naturel. Il y eut une pause. Ce fut Dimitri qui reprit :

– Oui, la vie a bien changé, Varia… Les années ont coulé. Qu'est-ce que vous voulez la roue tourne, à Moscou les volatiles dansent et bâillent au petit matin à la sortie des boîtes de nuit, et c'est tant mieux pour eux. Leur souhaiterait-on ce qu'on a connu ? Au fait, je ne fouille pas sous votre matelas. Allons, si on reprenait la lettre de la petite ? Miracle, vous voilà assise, il faut que j'en profite. Là vous êtes prête, où en étais-je donc ?

Les années ont coulé. Varvara est devenue une vraie dondon, une bonne vieille volumineuse, recouverte de tant de tricots et jupons qu'on ne sait plus distinguer dans cette ampleur ce qui lui appartient en propre et ce qui relève de la garniture.

La roue tourne, c'est loin tout cela… mais quand même, on l'a vécu. Pourrait-on l'effacer de soi ? Voilà pourquoi elle grogne pendant la lecture, l'ancienne. Voilà pourquoi elle se trémousse avec des soupirs, des hochements de tête et des haussements d'épaule, et qu'à la fin elle n'y tient plus…

– Attendez, relisez un peu ce passage on n'y comprend goutte. Oui là à Moscou, le mitinge aérien… Hein ? Mais qu'est-ce que c'est que cette histoire de cris de la foule et d'odeurs de kérosène qui sont erronés ? Seigneur, ces tracas qu'elle fait ! Et pourquoi, je vous le donne en mille ? Parce que son homme lui vrombit au-dessus de la tête sur la place Rouge ! Et qu'elle, on l'a fourrée dans un bel appartement moscovite comme un loukoum au milieu d'une bonbonnière ! Enfin Mitia nous, notre génération, si on avait eu la tête faite comme ça... vous croyez qu'on serait encore là ? À écouter ses sornettes ?

D'un côté, dans une ville de province de la Russie centrale, il y a une fenêtre et un arbre sous la fenêtre. De l'autre dans le nord de la Sibérie, se dresse une maison en rondins de bois, rudimentaire et solide, une de ces maisons capables de résister à bien des intempéries. Derrière assez loin dans le fond, il y a la mémoire paisible de Varvara, cet effort gigantesque, cet héroïsme bonhomme, le passé oublié d'un très grand peuple.

C'est le décor d'Eléna, de son histoire.

Arkadovnié, 18 janvier 88

Chers tous deux,

Vassili vient… Oui, à la vérité, il est là, hier soir il est arrivé.

Voyez-vous, non ne vous fâchez pas, ce qui caractérise le plus Vassili, c'est sa présence. Une énorme présence qui envahit toute la pièce, et moi à l'unisson, tout entière.

Il arrive sans prévenir, comme le retour du beau temps. On le sait pourtant que l'hiver a été long, que c'est maintenant le temps que le printemps revienne. Mais quel jour son arrivée ? Des prémices, à peine, des chants d'oiseaux qu'on croit entendre, un frémissement dans l'air, une clarté inhabituelle. Avril déjà entamé, il va venir peut-être ?

Et il vient d'un coup, un matin que tout l'air sent bon, une certaine façon de lumière et de chaleur qui pénètre les maisons, et les gens en leurs manteaux. Il n'y a plus que cela, qu'on a attendu si longtemps, qu'on avait presque oublié, ce tintamarre de sensations. Et dans les cours les animaux qui pagaillent, le tourbillon des effluves, et pure la blancheur de la neige dans la lumière qui prend possession du monde. Comme elle a été longue la nuit d'hiver…

Elle nous paraissait légère le temps qu'on était dedans. Mais il a suffi d'une lueur qui pétille sur le givre de la fenêtre pour que le poids de l'hiver tombe sur nos épaules, et nous paraisse si lourd maintenant que sa fin s'approche. C'est que chez nous dans la Sibérie du Nord c'était de vrais hivers, noirs et interminables, quand le ciel s'éteint et que l'ombre de la nuit polaire recouvre nos cœurs. Alors le regain, quand il s'annonce en son habit d'éclat… on n'ose y croire. On s'interpelle, on s'écrie, on tapage nous aussi les humains comme font les bêtes. Elle est là la nouvelle saison, elle est arrivée, on va entrer dedans ? On va s'effeuiller petit à petit, se défaire de nos carapaces, de nos armures d'hiver ? Vraiment, on n'ose y croire. Et pourtant oui, c'est bien lui, comme des oignons on va s'effeuiller, il est là le renouveau !

Vassia aussi. Il a ses prémices pareillement. Cela commence par des craquements en bas de l'escalier, une façon à lui de faire chanter les marches, la botte gauche qui traîne un soupçon, le claquement du talon droit… c'est peut-être lui ? Oh, je ne suis pas la seule à le reconnaître. À présent j'entends la rumeur du couloir, des cris, des pas, des portes qui s'ouvrent en corolle. C'est la maisonnée qui éclôt, c'est le charivari du retour de Vassia qui progresse et se répand le long de l'immeuble. Il y a un chef d'orchestre à cette clique – c'est la petite Ania qui habite la pièce d'à côté avec ses parents et sa tante. Aniouchenka… haute à peu près comme une pâquerette, cinq ans à peine, et pourtant on n'entend qu'elle avec son rire en grelot et ses boucles blondes qui tressautent autour de ses yeux brillants. Une délurée toujours en mouvement, presque trop pour moi que tant d'énergie effarouche. Boucan et tambourinade en la maison, c'est elle à coup sûr, gaieté aussi je dois le dire, qu'elle laisse en son sillage et qui retombe en pluie sur chacun de nous. Vassia est son héros. Elle l'aime avec adoration et son retour est la grande affaire de sa vie minuscule.

C'est elle qui le détecte en premier, avant moi je crois bien. Une marche qui craque, un talon traînant… Elle se dresse sur sa chaise, frémissante d'écoute, tu crois… mais tais-toi donc, crie-t-elle à sa mère, tu crois ? Ses petites jambes en tremblent d'émotion. La certitude progresse en elle jusqu'à un point où elle est tout à fait sûre : oh oui, c'est bien lui. Alors elle bondit à terre en poussant un cri de triomphe : « Diadia Vassiok ! » Quel bonheur, mes amis…

Et la cavalcade commence. La voilà partie, petit héraut de Vassenka, par les couloirs et les escaliers annoncer la bonne nouvelle de son retour à la populace enfantine. Elle monte, elle descend, elle ameute ses congénères, de porte en porte toujours plus joyeuse et plus criante. « Sonia, viens ! Le camarade Vassili, le camarade lieutenant… il est là il est revenu ! Il racontera des histoires, il aura des bonbons, sors Boris ! Des histoires d'avions ! » C'est qu'ils les aiment eux, les histoires que je ne veux pas entendre. Des récits qui viennent le soir dans la cuisine quand on se sent bien d'être ensemble, avec des pionniers, des terres inconnues survolées pour la première fois, des choses qui sont arrivées vraiment, plus belles encore que celles qu'on invente, des héros de la guerre, le sauvetage du brise-glace *Tchéliouskine*, je ne sais plus. Mais assurément il en racontera, peut-être dès ce soir, sors Boris !

Nous avons de la chance. C'est un bon endroit que l'appartement numéro 12, un des rares appartements communautaires où tout le monde s'entend bien. Quatre pièces, chacune avec une famille, dans une vieille bâtisse d'avant la Révolution où se nichent une profusion de logements semblables dans un dédale de corridors et de dépendances. Nous avons une grande pièce, qu'on ne nous jalouse pas parce qu'elle n'a pas d'accès sur le couloir et qu'il faut traverser la cuisine communautaire pour arriver chez nous. Bien sûr il y a l'inconvénient des bruits aux heures des repas et parfois tard le soir. Mais la salle qui servait de réception dans l'ancien temps est vaste et haute avec deux grandes fenêtres, et surtout lui est attenant l'ancien cellier où il s'est aménagé une sorte de bureau, un réduit encombré de photos d'avions, de croquis, de maquettes. C'est là qu'ils s'installeront si Andreï vient nous voir, et moi je me tiendrai à côté, près de la fenêtre.

Oui, c'est un bon endroit que cet appartement. Je n'ai pas envie de le quitter. Plus personne ne veut vivre en logement communautaire de nos jours, il paraît que les voisins sont une des plaies du socialisme. Du socialisme seulement ? Quoi qu'il en soit, ce n'est pas mon sentiment. Ils ont bien leurs défauts chacun, mais j'aime le battement de leur présence, et ils me le rendent bien. Jamais on ne m'a fait d'histoires ici pour du linge oublié à sécher ou une casserole qui cuit trop longtemps sur le feu commun. Peut-être parce qu'étant absent huit mois sur douze, Vassili est le voisin idéal. Et moi, je fais si peu de bruit. Alors on nous aime bien, on a envie de nous garder. Ou bien parce qu'il est militaire ?

C'est aussi un effet de la petite Ania. Elle repasse toute la journée dans sa tête les histoires qu'il raconte. À force de les mijoter, elle a fini par tout mélanger. Elle en a fait une sorte de féerie bizarre et anachronique, où Stenka Razine[1] déboulant avec ses cosaques sur la place Rouge y reçoit sans doute la Médaille d'or de l'Union soviétique aux côtés du pilote de chasse Kojiedoub. Mais une féerie dont Vassia est le héros, un héros qui existe en vrai et redescend périodiquement du ciel, justement dans sa maison dis donc, quelle aubaine ! Tel un porte-étendard, elle promène sa joie flamboyante à travers les corridors, criant à tue-tête et caracolant des paturons… Comment lui résister ? Lénine en personne reviendrait de chez les morts qu'elle ne ferait pas moins de tapage. Elle voit le monde à son idée. Elle n'imagine pas qu'il en aille autrement pour les adultes, que ses permissions ne soient pour eux qu'un événement somme toute banal et répété dans une carrière d'officier. Non, c'est un prodige qu'elle proclame à travers les étages. Si grande est sa foi en lui qu'insensiblement elle embarque à sa suite tout le bâtiment, contaminé et indulgent. Même ce vieux râleur de Fédia qui trouve à redire sur tout lui cède, il sort son nez pointu : « Oh, oh, Troufionnette a les yeux qui brillent… On a récupéré son lieutenant, la

1. Chef de la rébellion cosaque sous le tsar Alexis au XVIIe siècle.

troupe est en joie hein ! » Troufionnette, c'est ainsi qu'il l'appelle, et cela lui va bien.

Entraîné par Anioucha, le retour de Vassia finit par s'échouer par vagues dans la cuisine. Il y a là la gent enfantine, en nombre, le couple du numéro 6, le grincheux du 7, tout le 12, et lui bien sûr qui n'en finit pas d'arriver empêtré de petiots et de bienvenues. On ne sait plus où s'asseoir, on crie des nouvelles, les voix s'empilent les unes sur les autres, Macha a mis du rouge.

Et moi, je ne dis rien. J'ai ouvert la porte et je reste bloquée entre ses montants, moitié dans la chambre, moitié dans la cuisine. Je le regarde. C'est toute ma vie qui est là ?

Anioucha a entrepris de l'escalader par le côté gauche du pantalon. Elle a trouvé une prise à l'épaulette, réussit l'ascension, se rétablit sur ses genoux… la voilà installée. Elle prend maintenant ses dispositions pour bivouaquer là le restant de la soirée, se dandine encore un peu, lui tire un coin de vareuse qu'elle se tournicote dans le nez en suçant son pouce… Comme je l'envie cette enfant. Elle n'a pas besoin de s'enfouir dans une grotte sous la neige pour supporter son attente. Elle traverse l'hiver, légère et confiante, dans la certitude que le printemps va revenir.

Autrefois, du temps que j'avais son âge, je ne ressemblais pas à la petite Ania. En moi je ne me rappelle pas de cris, pas de triomphe. Pas de mouvement non plus. Enfant, j'étais assise sur la chaise près du poêle. Les sons, ils sont venus après, avec lui.

Bientôt il va lever les yeux, il fait toujours de la même façon. Il se tournera vers la porte, il dira : « Et voici Léna… la mienne. » C'est ainsi qu'il m'appelle souvent, la mienne. On dirait qu'il a fouillé pendant des années dans des monceaux de chaussettes dépareillées et qu'un jour il s'est écrié, la voici, elle était donc là, la mienne. C'est ainsi qu'il a fait la première fois que je l'ai vu, à l'anniversaire d'Anna. Il a traversé toute la pièce en diagonale, à grands pas durs et rapides, et s'est posé près de moi. Je ne me souviens pas des mots qu'il m'a dits, mais je me rappelle les traits de son visage, le tranchant de sa marche, bien plus clairs que des paroles, qui disaient : c'est cette femme-là que je veux, c'est la mienne.

Il faut l'accueillir, le laisser entrer, et c'est difficile. Il faut s'arracher à l'absence. Lui faire de la place, dis-tu ? Non ce n'est pas toi Mitia, c'est Varvara évidemment qui dit cela, elle grommelle après moi comme toujours : « Ça y est ! C'est des alanguissements des semaines durant quand il est parti, et maintenant des imbroglios parce qu'il est revenu. C'est quand même pas compliqué de lui faire de la place à ce pauvre garçon, pour le temps qu'il reste en plus. Tu n'as qu'à pousser tes petites affaires et tes habitudes avec, tiens tu les remises dans le placard derrière le cellier, crénom, c'est grand chez toi ! Et grand dans ton cœur et dans ton corps ou bien c'est une étriquée qu'il a pour femme le malheureux ? Une femme c'est fait pour ça, c'est bâti pour accueillir l'homme sans lui marchander la surface, es-tu devenue commissaire au logement qu'il faut t'arracher les mètres carrés à présent ? »

Mais non ma douce Varia, ce n'est pas cela, c'est tout le contraire justement. Il n'y a rien à pousser ni à remiser parce que la place il la prend toute, d'un coup. C'est comme une autre maison et une autre vie en fait, quand il est revenu. Et je ne sais pas comment m'y prendre. C'est singulier l'incursion du bonheur, j'ai si peu l'habitude. Il va falloir se dépouiller de ses vêtements d'absence, nombreux ils sont en couches successives, nombreux je m'en suis recouverte au fil du manque. Maintenant comment les ôter sans crainte, me dénuder de ma carapace, mon armure d'absence ?

Oh c'est lui qui va s'en charger, je n'ai rien à faire. Souvent il me tire, doucement mais nettement, comme sur une longe qui s'est détendue. Comme un navire que le quai rappelle à lui. Il prend les autres à témoin, regardez comme elle est loin la mienne, amarrée à sa porte, la quittera-t-elle enfin ? Ce n'est pas bon pour parler avec les amis quand elle est loin comme ça ! Il me veut proche, debout ou assise n'importe, mais à portée. De temps en temps, dans le feu de la discussion sans s'interrompre il s'assure à tâtons de ma présence, sa main se pose sur moi, au hasard l'épaule ou le bras puis s'éloigne, une vérification de routine comme à son bord sans doute. Il est du Sud où les distances sont moins grandes entre les gens, moins clairsemés les villages. Parfois il se retourne et sourit, pour moi seule. Un genre de sourire qu'il a, un jaillissement, on ne sait pas quand ça arrive et tout change, toute cette lumière d'un coup, qui surprend mes yeux accoutumés à la pénombre de l'attente. Tant qu'il existe quelque part le sourire de Vassia, on peut vivre. Tant qu'on peut venir s'y chauffer les mains, y dégeler ses vêtements pleins de givre. C'est là qu'elle cède, ma cuirasse d'absence. Elle se disloque, comme chez nous la glace assaillie par le printemps qui tremble, hésite, puis succombe et s'effondre en mille fragments épandus sous le soleil renaissant.

Anioucha s'est endormie sans lâcher le bout de sa vareuse. Le coin est tout morveux, j'aurai bien du mal à le ravoir. Fédia rechigne contre la pénurie, la paperasserie, les Samedis communistes, et je ne sais quoi encore. Vassia bavarde, et si demain on mangeait tous ensemble ici, dans la cuisine ? Oui, Macha fera de la tarte aux noix, elle la réussit si bien – pauvre Macha les joues en feu maintenant. Il fait bon.

Elle est arrivée la nouvelle saison. Elle a pris fin la sombre nuit polaire qui raidit la nature et paralyse le cœur des êtres. Tout le long de la côte, en traînée de poudre comme Mitia me le contait autrefois, les hommes de l'Arctique célèbrent le retour de l'astre vivant du même cri joyeux les bras levés au ciel. Ainsi font sur le pourtour du Pôle les Nénètses, les Nganassanes, les Dolganes, les Youkaguirs, les Tchouktches, et par-delà nos frontières pareillement les Inuits de l'Alaska, du Canada, du Groenland, quand la sphère brûlante réapparaît pour régner sur les jours sans fin.

Elle est arrivée la nouvelle saison. Un vent chaud venu du lointain caresse la grande étendue blanche. Doucement, en longue houle, se soulève la mer qu'on croyait pétrifiée à jamais, se défait la banquise d'absence. Il a passé le long hiver muré dans sa carapace, son temps est révolu ! Il a passé, un vent chaud l'entraîne au large ! Elle s'anime la mer immobile, en houle profonde, en gai clapot, elle s'ébranle et secoue son carcan. Petit à petit, sous le souffle tiède, s'efface le paysage livide et figé. Voici poindre les couleurs, l'ocre foncé, le rouge sombre de la pierre, le jaune scintillant des lichens. Voici qu'adviennent les sons, les gargouillements, les glouglous joyeux, une cohue de gouttes en marche victorieuse et tintinnabulante. C'est le salut de la nature au soleil qui la ploie, son chant à elle, une symphonie d'épanchements. Les collines fondent, la neige alanguie se répand en filets, se creuse en rigoles, se déverse en cascades bondissantes. Le pays tout entier s'écoule.

Il parle. Sa voix monte et descend, sa main se pose sur mon épaule puis s'envole emportée dans une autre phrase. La terre engorgée s'amollit, frémit sous l'accueil de l'eau, s'offre à la caresse de chaleur qui l'anime. En moi, ruisselle le retour de Vassia.

Je vous embrasse fort, comme je vous aime.

Léna

C'est à Ketylin que se rend la lettre, à chacun de ses départs et chacun de ses retours. Là-bas dans le Nord près du cercle polaire, où survivent de rares villages grâce aux sovkhozes d'élevage de renards, c'est à Ketylin qu'elle va, une petite bourgade sibérienne agrippée à la rive gauche de l'Ob. D'abord, une kyrielle de maisons de bois disséminées çà et là comme une sortie d'élèves dissipés, qui finissent par se regrouper et se ranger sagement pour écouter le maître. Bientôt se présente le maître justement, c'est la rue centrale construite à la hâte dans l'après-guerre pour les besoins du sovkhoze – une procession d'immeubles rectangulaires d'un gris uniforme, mal entretenus, debout quand même, rigidifiés par la crasse et la laideur. On se reconnaît d'emblée, on est chez soi. C'est la fameuse Laideur Soviétique, inimitable, minutieusement programmée par le plan, torchonnée cahin-caha dans l'ivrognerie générale, d'une tristesse inusable. Un mélange d'indifférence obstinée, de carrelages mal lavés, de façades monotones aux couleurs uniques – gris-bleu, gris-vert, gris-jaune –, témoins d'un probable oukase secret ordonnant le grisaillement égalitaire de toutes les résines destinées à la construction du socialisme avancé. Un genre de laideur qu'on ne trouve que chez nous, que l'Ouest n'égalera jamais, malgré les efforts qu'il déploie à la périphérie de ses villes.

C'est l'été, et dans le Nord, que notre talent pour la difformité s'exprime dans toute son ampleur. Il faut dire que nous y recevons l'appui du climat. Ici la température à moins quarante degrés pendant des mois conserve intact le moindre déchet. À la mauvaise saison c'est encore supportable, l'hiver recouvre le tout d'un voile pudique. Mais il travaille en sous-main, ravinant la terre, tenaillant sans répit les structures. Lorsque le réchauffement fait son œuvre et ôte la pellicule de neige qui le recouvre, le village apparaît comme éreinté, labouré par l'ouvrage du froid. Et la rue mise à nu par l'été se découvre telle qu'en elle-même : grêlée de nids-de-poule comme une figure de variolé, hérissée d'une pagaille de câbles électriques, jalonnée de monticules divers, tas de ferraille, bidons de pétrole, détritus amoncelés. Du moins ce qu'on en voit, à travers la nuée de moustiques qui brouille le champ visuel.

Pourtant alentour, c'est le règne de la splendeur. L'été sibérien est aussi bref et éblouissant qu'un éclair. Dès les premiers signes de printemps, la nature se précipite. Elle sait que le temps lui est compté, alors les plantes rivalisent de vitesse. On verdit, on bourgeonne, on fleurit, on s'active au galop. Chacune fait ses préparatifs dans le plus grand secret, l'air est encore froid, le sol trouble et hésitant. Mais quelques jours passent et soudain, l'été est là. La végétation se montre dans ses plus beaux atours, parée comme une mariée pour la noce. Des rouges incandescents, des rouilles, des safrans, des pourpres embrasent alors la terre l'espace d'un point d'orgue, avant de disparaître sous le poids de l'hiver.

Il est toujours pressé chez nous. Dès la fin de septembre il arrive à la tire de ses grandes ailes et recouvre tout d'une épaisse bâche de blancheur. Le bourg s'alourdit. Les blocs bétonnés deviennent des géants, bossus et sédentaires, les maisons éparpillées, des animaux dissimulés sous la neige. Les plus petites laissent à peine dépasser leur museau, tandis que les plus grandes pointent fièrement leurs oreilles ébouriffées. La nature engourdie se laisse aller à un profond et durable sommeil. Qu'elle dorme ! Qu'elle rêve et profite de sa torpeur. Elle s'éveillera bien assez tôt, secouée par le dégel qui la retourne en tous sens, d'un réveil cauchemardesque, dans les grondements, les toits dégoulinant de neige sale mêlée à la pluie jaune en une bouillasse chancelante.

Pour le facteur aussi, c'est le dégel la plus mauvaise saison. Passe encore de patauger de bloc en bloc dans la gadoue. Mais il y a les isbas alentour qu'il faut gagner par les routes défoncées et ruisselantes. Il redoute particulièrement celle de Dimitri et Varvara, juchée sur une hauteur : le chemin vers chez eux n'est rien d'autre qu'un torrent de boue. Seulement, une lettre de la petite, il va falloir s'y rendre sans tortiller… Après tout, c'est quand même un bon métier que d'apporter du bonheur aux gens dans leur maison.

Et quel assemblage ces deux-là…, pense-t-il en chemin. Lui un grand osseux tout en arêtes et carcasse, un taciturne, un studicux. Et elle la bonne Varia… une boule de Noël rebondie de partout les joues briquées par le vent, bavarde, tressautante, inextinguible. Fallait l'avoir, l'idée de les apparier ! Une idée du secrétaire de cellule. C'est lui qui avait reçu ce sac d'os, quand il était arrivé de Moscou dans les années soixante, habillé comme un pékin, son ordre de mission à la main. Un chercheur de la section de géologie de l'Institut de Moscou, nommé ici *correspondant permanent de la station de géographie de Ketylin*… La « station de géographie » maintenant ! Trois baraques sans chauffage aux planches disjointes où des expéditions aussi rares qu'éphémères entassaient parfois du matériel. C'était rien louche.

Le secrétaire avait éclairci la chose sans tarder. L'ordre de mission portait *permanent* souligné deux fois, assorti d'une mesure de restriction de déplacement et d'un dossier confidentiel portant le cachet des Organes de Sécurité de l'État. C'était en fait très clair… Encore un qui avait un peu trop déstalinisé sa grande bouche après le XXe Congrès et qu'on expédiait chez nous. Depuis le temps que la Sibérie sert de dépotoir aux gouvernements, tsariste ou communiste, voilà une chose qui ne change guère à travers les siècles qu'on fait office de poubelle de la Russie. Encore, il avait évité le pire celui-ci, c'est pas les camps qui manquent vers Vorkouta de l'autre côté de l'Oural. Mais qu'est-ce qu'on allait faire de ce zigoto-là ? Le savant on l'avait surnommé, c'est pas forcément un compliment pour nous. Et où le loger d'abord ? C'est là que le génie était venu au secrétaire. « Écoutez, collègues, avait-il dit, j'ai pensé à Varvara. Voilà, hein, pourquoi pas ? C'est une bonne communiste, un élément sûr. Elle le surveillera comme du lait sur le feu. Sans compter que bavarde comme elle est, il ne pourra pas bouger un orteil sans que tout le village le sache. Son deuxième fils vient de partir, elle a justement une petite chambre de libre, et elle apprécie la compagnie. Alors, dites, qu'est-ce qu'il vous en semble ? » Il n'en sembla que du bon à la cellule.

Et contre toute attente, ils s'étaient bien entendus ces deux-là, à tel point que le savant avait pris racine. Il n'était jamais reparti même après sa réhabilitation. Faut dire qu'entre-temps la petite était arrivée, alors ça les avait comme rivés tous les deux. Et maintenant qu'elle avait marié son pilote migrateur, c'était du travail en plus pour le facteur, à chacun de ses départs et de ses retours, à grimper ce chemin défoncé avec la lettre.

Oui, ça s'était fait comme ça, dans les années soixante. Ma foi un locataire, elle n'aurait pas eu l'idée toute seule Varvara. Mais pourquoi pas, au fond ? C'est tout de même un petit revenu, et puis quelqu'un à qui causer les soirées maintenant, vu le départ des garçons. Et si c'est le secrétaire de cellule qui demande, de toute façon il n'y a pas discussion. Oh ça elle l'avait surveillé, sous toutes les coutures comme on lui avait dit, elle avait tout noté.

Le locataire était un silencieux, un morose. Il coupait le bois, réparait l'appentis, pas rechigneux sur le travail mais avare de mots. Une fois par mois, il recevait un colis de livres de Moscou. Il avait colmaté comme il pouvait la petite salle de la station et y avait traîné un méchant poêle qui arrivait à peine à maintenir une température vivable. Il réparait les instruments là-dedans, des fioles, des balances de précision, des machins d'analyse biscornus. Après il s'était mis à parcourir les environs pour récolter des roches. Il n'avait pas de véhicule, il partait à skis avec son traîneau, il en ramenait des trente-quarante kilos qu'il déversait derrière la maison, qu'il examinait ensuite jusque dans l'intérieur, qu'il étalait partout. Pour finir, de tout ce tas, il en gardait deux qu'il conservait pour la station. « Et le reste ? demandait-elle, intriguée. – Le reste n'est pas intéressant, c'est à jeter. – Ah bon ? Mais vous allez me faire le plaisir de jeter ça où vous l'avez pris, hein, de pas me le laisser ici ? » Elle ajoutait : « Dites, si je peux vous poser une question, Dimitri Fédorovitch, pourquoi ces deux-là vous les gardez ? » Il expliquait. C'était du charabia mais ça fait quand même du bien d'avoir un savant chez soi. Quand il revenait de ses expéditions, il avait l'air tant joyeux que ces soirs-là seulement il se prenait à parler. Il secouait ses bottes roidies devant la porte, et faisait entrer avec lui une bouffée transie d'air hivernal. « L'Ob sent le dégel, s'écriait-il de l'entrée, ça grouille et ça bouillonne sous sa croûte de glace ! Par endroits il soulève sa robe blanche, se gonfle et accouche d'énormes blocs vacillants… On dirait un géant qui se retourne dans sa couche. À travers les fissures, l'eau libre s'échappe et tourbillonne en fumée, la clarté de l'air brûle les yeux… Ah c'est si beau qu'on en a le souffle coupé ! »

Eh oui l'Ob sent le dégel, bientôt le premier bateau, bientôt l'arrivée des oies sauvages, des bernaches, des labbes ! Il était pris, c'était visible. Il était pris par le Nord et sa démesure, comme d'autres paraît-il sont pris par le désert. On connaît ça, il n'y a rien à y faire, c'est un genre d'envoûtement. Mais un homme qui cède à la Sibérie et s'incline ainsi devant sa majesté ne peut pas être foncièrement mauvais, non ? C'est là qu'elle avait été touchée en premier, Varvara, par la fibre du pays. Insensiblement, elle s'était mise à le bousculer comme un enfant, à le houspiller, signe chez elle que le cœur était de la partie. Elle avait lâché la bride à son naturel cordial et aimant. Quelque chose en lui la chiffonnait, qu'elle avait mis du temps à identifier. Il était malheureux c'est sûr mais ça, bougresse de vie, c'est le lot commun de par le monde. Depuis quand les hommes seraient-ils heureux ici-bas ? Non, c'était plus étrange ce qu'il recelait : c'était un homme seul. Drôle, ça... Comment c'est possible ? Chez nous les Soviétiques, un homme seul ça n'existe pas. On va aux réunions des pionniers, des komsomols ou du Parti, on a son collectif de travail, on fait la queue, l'été les gens des villes s'en viennent aux moissons dans les brigades, on est toujours ensemble quoi ! C'est une maladie qu'ils ont à l'Ouest ça la solitude, paraît que ça s'est propagé chez eux comme une véritable infection, mais chez nous c'est une rareté. Ça lui semblait une vraie misère qu'il avait attrapée là. Elle se prit pour lui de pitié, presque de tendresse. Ce pauvre garçon n'avait tout de même pas mérité de contracter une infamie pareille qui l'empoisonnait de l'intérieur. Finalement son jugement fut arrêté, et elle fit à la section un rapport net et tranché :

« Voilà. C'est pas un ennemi du peuple. À mon opinion, c'est un bon gars qu'a eu du malheur. Sa femme l'a quitté, il a dû se mettre à fermenter du ciboulot, forcer sur la boisson pis bâcler son travail de savant là-bas dans son université. Alors on l'a envoyé ici qu'il ait la tête un peu au frais. Ses livres, j'y ai veillé, attendez que je vous sorte la liste : *Magnétisme en géologie et prospection magnétique du sol, Éléments de topographie, Précis de géologie stratigraphique*... Tout du même acabit, tenez, regardez voir la suée que j'ai attrapée à recopier ça !

N'y a point de sabotage là-dessous. Il travaille comme un bœuf, il nous aura bientôt retourné toute la Sibérie pour en entasser la caillasse dans mon jardin. Il dit que l'avenir du pays est enfoui dedans. Du zinc, du nickel, et je ne sais quoi encore qu'on peut pas prononcer. Il s'en ira pas. On peut lui confier la camionnette et tout ce que vous voulez. Il se plaît ici : comme quoi les Organes avaient raison qu'il déraille de la calebasse. »

Ce résumé de sa vie livré dans une interprétation varvaresque était pour le moins surprenant. Mais elle était ainsi, elle ne s'encombrait guère. Ses souffrances, ses scrupules, ses déchirements d'intellectuel... Foin ! Elle avait balayé tout cela d'un revers de main.

En réalité sa femme l'avait effectivement quitté, mais après, pas avant. Après que les incongruités qu'il proférait aux réunions de secteur eurent entraîné successivement la suppression de leurs bons de vacances, puis la menace d'un relogement dans une pièce minable. Cette trahison banale ne l'avait pas surpris. Elle avait bien fait d'ailleurs de prendre ses précautions, il s'était oublié de plus en plus et les choses étaient allées assez vite ensuite. Il s'en était plutôt bien tiré avec cette mutation dans un trou et une restriction de déplacement. C'était une histoire commune que la sienne, même à cette époque où la dissidence était à peine naissante. Celle d'intellectuels, mais aussi de gens de toute sorte, qui n'arrivaient pas au minimum d'hypocrisie ou d'indifférence requis pour survivre. Qui ne pouvaient se résoudre à ce que certains mots qui avaient éclairé une génération fussent devenus des coques creuses, ânonnées à longueur d'éditorial de *L'Étoile rouge* ou lors des innombrables réunions qui encrassaient la vie quotidienne. Qui n'arrivaient pas à renoncer. Des idéalistes, ahuris par le visage qu'avait pris le paradis promis mais sans illusions sur l'Occident, à qui il ne restait que le désespoir.

Et tout cela passé à la moulinette varvarienne se trouvait réduit à une vulgaire querelle domestique... Il n'empêche qu'après cette déclaration péremptoire ses conditions de vie s'étaient améliorées. On l'avait convoqué à son tour, pour l'interroger. Cette fois, il était décidé à s'en tenir strictement à la géologie, et à ne pas en dévier d'un pouce. La nature exacte de son travail ? Sa mission avait été édictée par les plus hautes instances et définie par le directeur de l'Institut de géographie en personne : « Travaillez, Dimitri Fédorovitch, avait-il dit, creusez le sous-sol de Sibérie, prenez de la peine : un trésor est caché dedans. Des réserves inépuisables d'énergie et de minerais ouvrent devant nous un nouveau Chantier Historique, et dans un immense élan d'enthousiasme et d'essor créatif, les travailleurs de notre pays s'attellent à cette tâche qui sera déterminante dans la construction du Socialisme et qui… »

Mais plus précisément ? Il répondait avec application. Sa partie consistait à réaliser une prospection systématique, qui permettrait de guider le choix ultérieur des zones de forage. L'Arctique sibérien recelait de grandes richesses qu'on commençait seulement à étudier et à répertorier. Au nord, la péninsule de Iamal reposait probablement sur une immense nappe de gaz ; à l'est vers Ourengoï, du gaz encore et du pétrole à profusion, plus à l'est vers l'embouchure de l'Iénisséï, des minerais dans une quantité encore non précisée. Il s'était lancé dans un exposé technique qui avait vite endormi tout le monde. Somme toute, il fit très bonne impression et l'opinion de Varvara fut confirmée : un cinglé, inoffensif. Dès lors, on le laissa en paix et même il arriva parfois qu'on lui fournît un peu du matériel indispensable à son travail.

Comment cela s'était-il noué ensuite ? C'est difficile à dire. Au long des soirées, dans les jacassements de l'une et les silences de l'autre, de fil en aiguille ils s'étaient reconnus. Radicalement différents, radicalement proches, deux purs produits de leur époque grandiose et tragique, celle de la guerre et du Grand Chantier, quand l'Histoire en marche écrabouille tout sur son passage, indifférente à son forçage des hommes. Deux côtés de la même page, déjà inutiles, bientôt oubliés.

Bavarde elle l'était, certes, incorrigiblement. Au début ce fut le plus difficile pour lui, homme de livres et de silence, ce caquet continuel. Puis il s'habitua à la musique de fond. Elle avait gardé une qualité inestimable : curieuse et naïve en dépit de ses idées arrêtées, elle regardait tout ce qui venait à elle comme un mystère. Les choses de la nature, les événements, mais aussi les êtres. Elle frottait le carreau de la fenêtre, y sortait son museau, humant l'air, avide de découvrir ce que recelait le jour nouveau. Tempête en tourbillons, soleil sec et glacial, ou neige en mouillasse qui chagrine et grisaille ? Elle prenait l'un ou l'autre comme ça venait. Ainsi l'avait-elle humé lui, le savant, le locataire, avec le même étonnement enjoué et l'avait adopté sans coup férir. Ainsi humait-elle la vie avec une naïveté mystique tout en restant entêtée, courageuse, communiste jusqu'à l'abrutissement, d'une mauvaise foi et d'une bonté irréductibles. La contradiction d'une façon générale ne l'effrayait pas. Elle se faisait d'abord son idée, puis au besoin tortillait les faits un par un pour les passer dans la filière de son entendement à elle. Elle était fière et modeste. Modeste pour tout ce qui la concernait, mais fière dès qu'il s'agissait de son pays, de ses réussites et de sa grandeur. Comme tous les Russes d'ailleurs, dont la vraie religion à travers les siècles et les régimes fut toujours l'amour tenace de leur pays et la foi en son destin. Pour les fêtes de la Révolution elle sortait toutes ses décorations, d'abord celles de feu son mari Victor qu'elle portait sur le côté accrochées à son médaillon, puis les siennes. Elle en avait tant qu'elle avait peine à les faire tenir sur son plastron pourtant généreux. Elle lissait ses cheveux gris, y piquait trois épingles en chignon pointu, se redressait gaiement. Avec ses grosses joues rouges, son bon sourire plissé et toutes ces médailles alignées sur sa poitrine ronde, elle était poignante... Oui, il l'avait reconnue facilement, habitué qu'il était à chercher les métaux rares dans le sol de la Russie.

Il partait le plus souvent possible. Il s'abrutissait dans la marche, dans le tiraillement de la lanière du traîneau sur ses hanches. Il avait connu des tiraillements d'autres sortes et les avait trouvés plus durs à supporter. Il avait une conscience aiguë de son inutilité, en général. On finirait bien par l'autoriser à rentrer, quand il serait trop vieux pour se remarier, et à quoi bon d'ailleurs ? Il lui restait toujours les cailloux, auxquels il finirait par ressembler.

Elle occupait ses pensées plus qu'il n'aurait cru. Il se demandait d'où lui venait cette indéfinissable qualité d'âme qui forçait l'admiration sans qu'on puisse bien expliquer pourquoi. Sûrement un don des pays désolés et trop durs comme ici, qui font le tri des hommes et ne gardent que les meilleurs. Essoufflé, il s'asseyait sur son traîneau pour rouler une cigarette et songer. Que serait-il devenu sans cette relégation ? Un raté peut-être, un aigri cherchant le sens de sa vie au fond d'une bouteille de vodka comme il y en a tant sur les trottoirs de Moscou, que des brigades spéciales ramassent au matin. C'est là que finissent les idéalistes dans notre Grande Union, là qu'il aurait dû rouler en toute logique avec les autres. Ce serait quand même drôle que cet exil en Sibérie l'eût sauvé de la déchéance en l'arrimant solidement, d'un côté à la beauté de ce pays impitoyable, de l'autre à son amitié pour cette femme innocente et droite. De pause en pause au cours de ses excursions, il s'était adouci. Il la taquinait, sur le régime et la politique, jusqu'à la mettre en colère. Elle lui clouait le bec avec des injures diverses, préférentiellement « naïf », « idéaliste », « idiot ! ». Il souriait parce qu'elle avait raison, il était les trois à la fois. Quelque chose qui était en germe en lui, qui se serait étiolé dans les mesquineries de la capitale, s'épanouissait au contraire au contact de Varvara et de la Sibérie – un éclair de tendresse, qui perçait parfois sous le désespoir comme le soleil par instants à travers les nuages.

Puis un jour, la petite était arrivée. Un homme brun de peau l'avait amenée, qui se tenait sur le seuil de la porte et se présentait comme l'instituteur de Salekhard, le dernier village vers le nord au cœur de la toundra polaire. La petite avait lâché sa main et s'était assise sur la chaise près du poêle.

Alors les éclaircies se firent plus fréquentes. Et il sut qu'il ne partirait plus, qu'on l'enterrerait là, agrippé à la rive gauche de l'Ob.

Arkadovnié, 7 février 88

Mon bon et cher Mitia,
et toi ma douce Varia,

Voici hélas le temps venu maintenant : Vassili est reparti à la Base.

Loin d'ici, voici le facteur qui rajuste d'une main sa besace poudrée de blanc, et Varvara réjouie et bondissante de le voir de l'autre pousser la clôture de rondins. Encore une lettre, chargée de son départ, puis en viendra une autre, pleine de son arrivée, et ainsi de suite, ainsi va le métronome de mon histoire, une longue procession de lettres qui s'amoncellent et jonchent le tiroir de Mitia.

Le temps d'être ensemble, celui de la belle saison, prend fin sans transition. Vassia me protège, il ne prévient pas du jour où il devra me quitter, si ce sera un matin ou un soir. Parfois d'ailleurs il ne le sait pas lui-même. Il arrive que je sois au combinat lorsque vient le moment mais je sens, par d'infimes signes que je ne saurais décrire, le présage de son départ. Je vais travailler comme d'habitude, et le malaise qui m'accompagne annonce que je rentrerai le soir dans une maison dénudée, avec seulement l'arbre près de la fenêtre pour refuge.

C'est encore la façon qui me convient le mieux. Car il arrive que je sois à la maison et je n'aime pas ces instants. Je le vois décrocher son uniforme, le plier soigneusement. Je m'assois sur le lit, je ne dis rien. Je n'ai pas de phrase qui me vienne dans ces cas-là, même des phrases simples sur les chemises qu'il faut prendre et celles que je n'ai pas eu le temps de laver. Je voudrais juste qu'il finisse vite, qu'il ferme la porte et que je puisse m'installer dans son absence. Ces instants où sa présence finissante disparaît par morceaux dans son sac me sont trop pénibles.

Lui aussi à sa façon prépare ses affaires en silence, concentré sur sa tâche. Il est déjà là-bas, dans son ailleurs que je ne connais pas, que je ne veux pas connaître. Il n'y a pas de fioritures qui s'ajoutent, ni chez moi ni chez lui. C'est ainsi rituellement, l'enveloppe commune se déchire et chacun se reprend, chacun s'en va de son côté car moi aussi je pars, je partirai après la porte fermée, moi aussi je sais aller très loin, assise les mains posées sur les genoux.

Hier il était nerveux ou inquiet je ne sais pas. Ce n'était pas son habitude et maintenant cela lui arrive de plus en plus souvent. Il y a quelque chose qu'il ne supporte plus, en moi ou en lui, je ne sais pas exactement. Plutôt en lui ; il devient coléreux et injuste comme les hommes coupables. Il s'est retourné brutalement et a protesté contre mon silence, contre ce rituel :

– Eléna, a-t-il crié, tu savais ! Quand tu m'as épousé, j'étais déjà élève, déjà dans l'armée de l'air. Je ne t'ai jamais caché la vie que nous aurions. Tu savais et tu as choisi !

Contre quoi s'emporte-t-il ainsi ? Me suis-je plainte, ne serait-ce qu'une seule fois ?

– Non, a-t-il ajouté découragé, justement jamais. Tu t'assois sur le lit sans bouger, tu ne dis rien. Mais c'est un silence plus dur, plus pesant que la moindre plainte ! Le comprends-tu seulement ? J'ai renoncé à te faire partager ce que j'aime, à t'emmener dans mon monde. J'ai renoncé à l'espoir de pénétrer le tien, j'ai renoncé à découvrir ce que tu regardes pendant des heures avec ces yeux fixes et vides par la fenêtre. Mais j'ai besoin de toi, et de toi vivante ! Je veux que tu me laisses partir, avec des adieux normaux et des phrases banales. J'en ai besoin, maintenant plus que jamais !

Je ne savais quoi répondre. Il n'y a dans mon silence aucune révolte ni reproche, simplement l'incapacité de puiser en moi une parole. Son absence me laisse à nu, immobile et sans langage. J'ai murmuré :

– Vassia, tu savais. Quand tu m'as épousée, j'étais déjà inerte, et pesante. Tu savais et tu t'es chargé de ce fardeau…

Il m'a prise dans ses bras et m'a serrée, trop fort. Mon acquiescement à la fatalité qui nous lie n'a pas changé. Alors qu'en lui je sens, de plus en plus, une lutte contre l'étrangeté qu'elle contient. Un désir d'un peu de légèreté, d'évasion, qui n'est pas mien ; et un déchirement dans cette façon de prendre ma tête dans ses mains, à la fois douce et violente. Je le sens, maintenant plus que jamais effectivement, et je le redoute.

Puis la coutume reprend ses droits. Il vérifie que rien ne manque, sans s'attarder prend quelques livres d'aéronautique, puis ferme la porte avec un discret geste d'adieu.

Le soir déjà je traîne sur le chemin du retour. L'obscurité s'en vient. Le soleil bas sur l'horizon s'affaisse encore, tremble, puis expire. Il disparaît, quelques heures sans doute pour les autres, tandis que pour moi ce sont de longues semaines qui s'annoncent à tâtons. Comment font les autres femmes de militaires, celles des marins, je l'ignore, je n'en connais guère. Très différemment de moi sans doute, un fil continu les tient tressé de tâches ménagères et de souci pour les enfants. La flamme du foyer brûle allègrement en permanence. C'est l'homme quand il arrive qui pour un peu serait de trop, un brindillon de plus c'est tout, mais elles savent bien courir au magasin si la voisine annonce un arrivage de chaussures ou réparer le lit du petit qui s'est déboîté. Les enfants sont contents quand il revient, et la femme soulagée parce qu'il aidera aux courses avec son temps libre. Mais ce n'est pas une révolution non plus, Dieu merci on sait faire sans lui.

Oui, j'imagine ainsi pour les autres. Tandis que moi, je ne sais rien faire en l'absence de Vassia. Sauf les files d'attente devant les magasins et regarder l'orme de la cour.

Et lui ne fait pas les courses ni aucun travail ménager. Il n'aime pas cela. Il est dans le bureau, dans l'ancien cellier. Il étudie. Il passe un certificat de télécommunications par correspondance. Et quand il a fini, un diplôme de radio-électronique. Et après quoi d'autre encore, et pourquoi ? J'aime sa passion d'apprendre. Il réfléchit, il dit :

– Parce que ce que je sais ne me suffit pas. J'en veux toujours plus, aller plus loin ou ailleurs… C'est un tourment dans ce damné pays aux frontières fermées. Alors j'avance dans ma tête. Pas d'autre moyen.

Il me tient au bout de ses bras, il me regarde attentivement, il ajoute :

– Il n'y a que toi qui me suffis. Un mystère pour la durée d'une vie. De quoi chercher sans se lasser avec la certitude de ne jamais saisir tout à fait. Je ne cherche pas d'ailleurs. Exactement je contemple, je te scrute. Comme à bord quand se déploie le sol en bas, la masse compacte des forêts, les rivières en rubans, des moutonnements de collines, et peut-être quelque part là-dedans, une place pour atterrir, pour rentrer. Mais où ?

Pourquoi parle-t-il ainsi de moi ? Il n'y a que simplicité dans mon existence. J'attends Vassia. C'est ce que je fais dans la vie. Rien de moins mystérieux que cette phrase qui me résume et envahit mes lettres sans épuiser votre patience, depuis le temps que je vous écris la même chose : Vassili vient, puis il repart à la Base. Et moi je suis toujours au même endroit. Que trouve-t-il à chercher d'autre ?

Moi non plus je ne le comprends pas. Mais je n'en ai nul besoin. Alors que lui, il est vrai, souvent il m'examine quand je vais et viens dans la pièce. Il lève les yeux de son livre, s'attarde un peu dans le vague puis les redescend sur moi en douceur, tel un planeur. Il me dévisage morceau par morceau, comme s'il cherchait à appréhender l'ensemble en décomposant chaque élément, la silhouette, les cheveux, le profil. On dirait une curiosité d'enfant devant un jouet aux multiples facettes, qui l'attire irrésistiblement mais qu'il brûle peut-être de démonter pour savoir comment c'est fait à l'intérieur, qu'il pourrait détruire par passion de maîtriser l'inconnu. Parce qu'il a cela dans le regard, l'envie des hommes de posséder quelque chose qui soit tout à soi, une réassurance et un refuge, la mienne comme il dit. Et le doute, la lutte, grandissant au fil des années comme s'il s'imaginait croissante la part de moi qui lui échappe. Comme elle est loin la mienne, parfois.

Il a une autre nuance dans les yeux, un étonnement sourd, comme moi lorsque Mitia m'avait emmenée, que j'ai vu les arbres pour la première fois et qu'ils me paraissaient irréels, et sacrés.

Je ne suis pourtant ni irréelle ni sacrée. Son regard est difficile à soutenir. Ce n'est pas un appareil devant lequel on peut prendre des poses. C'est un joug auquel il faut se soumettre de toute la profondeur de soi. Il freine mes gestes et les apure, m'immobilise parfois. C'est l'amarre tendue pour me ramener à lui, une force qui me ploie vers plus de dépouillement encore, et qui me tient.

Mais c'est ainsi que nous vivons. Moi, j'attends Vassia. Et lui, il me regarde. C'est une acrobatie, sans doute, que cet état que nous avons atteint, auquel on ne peut plus toucher. Il m'arrive de songer que si l'un ou l'autre bougeait d'un seul millimètre, c'est tout l'ensemble qui serait ébranlé. Cette idée furtive me fait peur.

Mais rien ne bouge. Invariablement, Vassili repart à la Base et moi je rentre en attente. Le froid s'installe. L'automne était si court chez nous, à peine avait-on le temps de voir le jour raccourcir que les ténèbres étaient là. Maintenant il ne reste plus qu'à les parcourir, jusqu'à leurs confins.

Te rappelles-tu oncle Mitia, quand tu partais pour tes relevés topographiques et que tu m'emmenais avec toi pour plusieurs jours, en dépit des frayeurs et des malédictions de Varvara ? Nous allions vers le nord avec la camionnette de la station de géographie tant qu'il y avait un semblant de route, puis il fallait continuer à pied. Tu m'avais fabriqué des skis et un petit traîneau à mes dimensions. Le soir tu montais la tente et tu étendais pour moi une peau de renne dans laquelle j'arrivais à m'enrouler tout entière par-dessus mon sac. Il y faisait bon. Quand on rentrait, Varvara se précipitait sur moi pour m'examiner le nez, les orteils, les joues. Elle déshabillait, frictionnait, inspectait sans cesser de brailler : « C'est-y des idées de camper sur la neige avec une mioche de huit ans par des moins trente ! Attendez voir que je lui trouve la moindre petite engelure, je vous dénoncerai à la cellule… Je vous ferai expédier dans les mines de la Kolyma ! Vous y ferez des promenades tout votre saoul ! » Mais elle ne trouvait rien, et toi tu répondais tranquillement avec un sourire : « Cette petite a une résistance surprenante au froid. C'est sûrement parce qu'elle a du sang samoyède du côté de sa mère. Quand il nous arrive de rencontrer des nomades éleveurs, il faut la voir sous le tchoum[1] manger du renne cru à pleines mains, c'est un vrai plaisir. Je regrette à chaque fois que vous ne soyez pas avec nous… Pourquoi ne viendriez-vous pas une fois ? »

Pauvre Varvara, elle enrageait tellement qu'elle s'en étouffait, elle te traitait de sauvage en frictionnant toujours. Elle savait bien que j'avais du sang esquimau par ma mère, elle m'en parlait. Mais elle n'aimait pas

1. Tente en perches et peaux des nomades polaires.

forcément qu'on le lui rappelle. Pourtant beaucoup de Sibériens sont des mélangés si on remonte un peu le temps, Varvara aussi peut-être, et je ne me sentais pas différente des autres.

Mais à la vérité c'est toi qui m'as appris comment marcher dans l'hiver. Tasser la neige soigneusement sous les pieds avant de dresser la tente. Avec la pelle, en faire un mur pour l'y adosser et la protéger du blizzard. Creuser une petite fosse devant l'entrée pour nos chaussures qu'il faudra assouplir longuement au réveil avant de pouvoir les passer. Se rhabiller à chaque pause, se déshabiller lorsque l'effort reprend. Tu insistais, ne pas avoir chaud surtout, ne jamais être en sueur, à cause de la condensation sur les vêtements qui gèle dès qu'on s'arrête et les transforme en gangues de glace qu'il devient une torture de porter et d'enfiler le matin. Tu demandais : « Tu as bien froid Lénotchka, hein, un peu froid tout le temps ? – Oh oui, je disais, ne t'inquiète pas petit oncle, j'ai bien bien froid ! » Tu ajoutais : « Un peu seulement, c'est ce qu'il faut. Si tu as trop froid attention au gel, c'est un traître. Sans prévenir, il endort la chair, il l'anesthésie. Tant qu'elle est douloureuse, tu n'as rien à craindre, mais quand tu ne la sens plus, c'est qu'il est trop tard. Tu dois vérifier souvent chaque partie fragile, en la remuant ou en appuyant dessus. Tu sens bien tes joues, tes orteils, tes mains ? – Oh oui, je disais, ne t'inquiète pas petit oncle, je les sens, ils font bien mal ! »

Dans la neige profonde où tu faisais la trace, je devais m'appliquer à glisser dans ton sillage sans m'en écarter. On arrivait devant une large baie, on coupait tout droit par la banquise d'une pointe à l'autre. On marchait sur la mer. Là au contraire, la couche de neige était si mince que le moindre vent la balayait et il fallait avancer directement sur la glace. C'était plus difficile, il n'y avait plus de trace et j'étais si légère que je dérapais facilement dans les risées. Tu me montrais comment piquer mon bâton franchement, y prendre appui, lancer le pas suivant vers l'avant de tout le corps, piquer l'autre, vers l'avant, et ainsi de suite, alternativement. J'aimais ce balancement, cette danse sur la glace. Plus tard c'est ce que j'ai préféré, marcher sur l'eau à côté de toi.

Il fallait économiser ses efforts, parler peu, inspirer doucement car l'air glacé brûle les poumons quand il les pénètre. Aller ainsi en ayant froid suffisamment, à ce rythme lent, infini. Tu m'as appris à ne jamais demander quand on arrivait. Marche, Eléna. Ce n'est pas le but qui compte, c'est la marche. Et le corps avance, un pas après l'autre, et vraiment la marche finit par exister par elle-même en dehors de soi. L'arrivée s'oublie. Il n'y a plus ni visée ni désir, il n'y a plus d'effort. Seulement l'on marche. Et l'on pourrait marcher ainsi sans fin tant le gel est ferme et solide, parce que c'est lui qui nous porte, parce que le pays laiteux veut bien de nous et qu'il nous assimile, petit à petit, en sa blancheur. Parce qu'à force de détachement, la neige nous convie et qu'on devient comme elle, léger, de plus en plus léger...

Le terme, le camp, non, il ne faut pas y penser. Malheur à celui qui se sépare du paysage, qui est repris par lui-même, qu'étreint la hâte d'arriver ou l'envie de mesurer le chemin parcouru. La légèreté l'abandonne, chaque pas devient pour lui une épreuve. Il y a de nouveau un temps, et des distances. Le pied se fait lourd et la marche, si fluide qu'on ne la sentait plus, ressemble alors à un labeur, épuisant et banal. Quelque chose comme vivre ?

Moi je ne vis pas quand s'ouvre devant moi l'attente de Vassia. Je marche. Je ne sais pas où est le terme, le retour. Comme tu me l'as appris, je ne demande jamais. Je fuis les autobus bondés, je rentre à pied en traversant toute la ville. Je marche. Je n'ai pas le fil continu qui tient les autres femmes, pas de rampe sous la main. Je parcours son absence à ma façon, Ariane sans fil dans le labyrinthe noir, assise sous la fenêtre les mains posées sur les genoux.

Mais j'ai le Nord. Le Nord est en moi, au plus profond de chacune de mes cellules. Je ne me souviens pas de ma vie d'avant chez vous, je ne me souviens pas de la nuit polaire qui à Salekhard nous recouvrait de la fin novembre jusqu'au début de février. Je ne me souviens pas du jour continu qui lui succédait si vite. Pourtant leur alternance est inscrite en moi, c'est là que je puise quand Vassili vient puis repart à la Base. Vivre à éclipses. C'est mon lot, mon habitude, ma ferveur peut-être. C'est le Nord qui m'a nourrie, c'est le Nord à présent qui me rythme, de départ en retour.

Alors je marche. Je ne sais pas où est Vassia, ce qu'il dit, ce qui l'anime. Je ne sais pas qui sont ses amis dans la Base là-bas, ceux qu'il aime et pourquoi. Je ne sais pas si voler est seulement son métier, ou bien une ardeur qui dévore et peut m'écraser. Je ne sais rien. Seulement je marche, sans demander où est le camp. J'ai froid. Oh, ne t'inquiète pas petit oncle, j'ai bien bien froid.

Je vous embrasse fort. J'ai besoin de vous, je vous aime.

Léna

Dimitri était arrivé au bout de la lettre le cœur un peu serré, mais Varvara ne s'en était pas le moins du monde aperçue. Elle était secouée aussi, mais elle, c'était d'indignation.

– Oh non la pauvre petite, c'est affreux… Elle crève de froid, elle a pas de chauffage ! Mais qu'est-ce qu'il fiche cet abruti de délégué de logement ? Il peut pas lui réparer, non ? Ah bon… c'est des façons de parler ? Vous êtes sûr au moins ? Parce que je me suis pas usé l'échine toute son enfance pour la voir attraper une pneumonie à cette heure. Mais alors je vous assure, quel galimatias ! Elle peut pas parler comme tout le monde, non ? Des manières poétiques de s'exprimer, que vous dites. C'est drôle comme cette enfant vous a toujours rendu andouille. Petite, suffisait qu'elle s'assoie sur une chaise pour que vous deveniez tout à fait bourrique. Parce qu'elle remuait à peu près autant qu'une souche au milieu de la forêt, vous la trouviez admirable. Vous restiez là à la regarder, à vous extasier, vous n'aviez jamais vu d'enfant comme elle soi-disant… Faut dire que vous en n'avez pas eu d'enfants, alors forcément vous savez pas très bien comment c'est.

– Je reconnais qu'elle me paraissait hors du commun. Je n'avais jamais vu d'enfant aussi sage, aussi peu mobile. Elle rentrait de l'école, elle s'asseyait sur la chaise et ne bougeait plus. Elle m'écoutait de la même façon si je lui lisais un conte de Pouchkine ou un livre de géologie… Qu'est-ce qu'une petite fille a à faire de géologie ? C'est cette espèce de détachement, de placidité à son âge qui sortait de l'ordinaire. Vous le saviez bien Varia, vous vous êtes assez tourmentée à ce sujet. C'est même pour cette raison que vous avez fini par accepter qu'elle vienne avec moi…

– C'est pourtant vrai que vous l'emmeniez avec vous dans vos expéditions ! Comment j'ai pu laisser faire ça ? J'avais une de ces peurs, j'en dormais pas tout le temps que vous étiez partis. Mais elle était tant réjouie au retour ! Elle bavassait – Varia, si tu savais tout ce qu'on a vu, viens voir petite mère les beaux cailloux qu'on a rapportés… à ne pas la reconnaître. Vous partiez avec la souche et vous me rameniez une petite commère. Et je reconnais que pas une seule fois elle n'est rentrée malade… Alors j'ai fini par m'y faire. À croire que quelque chose lui manquait, qu'elle retrouvait dans ses marches avec vous, un genre de vitamine. Paraît que ça existe le scorbut des âmes. Quand on s'étiole, par manque de subsistance à l'intérieur…

– Mais avant, elle était comment ? Sans doute trop petite pour comparer… Elle avait quel âge exactement quand vous l'avez vue pour la première fois ?

– Je ne sais plus moi, vous m'en demandez de ces questions. Dans les trois ans, je crois. C'était un été où j'avais décidé de monter jusqu'à Salekhard avec les deux garçons pour rendre visite à Volodia. On ne l'avait pas vu depuis son mariage et on ne connaissait pas cette petite qui lui était née. Mais c'était quand même la famille, il était le cousin de Victor par la branche paternelle, cette enfant-là portait le même nom que nous. Et Volodia était un bon gars. Il n'a jamais oublié que mes fils n'avaient plus leur père, il envoyait un peu d'argent pour m'aider quand il pouvait. Alors on a pris le bateau, on a remonté l'Ob jusqu'à l'embouchure et on est restés huit jours chez eux. C'est là que j'ai vu Lénotchka pour la première fois. Elle avait pris des deux côtés et la part russe avait corrigé ce qu'il y avait de trop rond, de trop bridé dans l'autre. Elle avait un visage ovale avec de grands yeux gris en amande au milieu, les cheveux très noirs, elle était bien belle déjà même si petite…

– Et la mère ?

– La mère était très douce. Elle la portait dans son dos à l'intérieur de son vêtement à la mode de son peuple, avec le capuchon de fourrure rabattu sur leurs deux têtes, on ne voyait que les yeux dépasser. Elle lui chantait des chansons dans sa langue, des chants monotones et rauques assez étranges… C'est ça peut-être qui l'a rendue bizarre cette petiote ?

Dimitri, plongé dans ses réflexions, ne répondait pas. Il aurait bien voulu questionner encore Varvara, mais elle était déjà passée à autre chose et s'activait bruyamment dans la pièce :

– Oh là là je cause je cause, s'exclamait-elle, mais faut que je me prépare, regardez l'heure… Y a conférence au club ce soir ! Sur les nouvelles perspectives de production dans les États socialistes. Ce soir non plus… pourquoi vous venez jamais ? Ce sera très intéressant, après y aura souper et on guinchera. Je vais mettre le beau fichu rouge que le cadet m'a envoyé pour ma fête, ça va faire plus joli… Bon si vous restez, surveillez-moi la soupe au moins, y a plus que les pommes de terre à rajouter. Et la faites pas brûler si possible.

Il allait devoir garder ses questions pour lui, ce n'est pas aujourd'hui qu'il en saurait plus. Il était impensable que Varvara pût rater une conférence du Parti au club sur un sujet aussi passionnant. D'ailleurs elle arrangeait déjà le fichu rouge dans le petit miroir pendu au clou, répétait ses recommandations pour la soupe et se mettait en route guillerette, pour aller guincher au son des nouvelles perspectives de production…

Maintenant Dimitri est seul. C'est un vieil homme qui tourne la soupe et ses pensées. Varvara exagère. Bien sûr il n'avait pas d'enfants mais il en avait vu tout de même, dans les squares à Moscou, dans les rues et sur les places publiques qui jouaient. Elle a beau dire, un enfant ça bouge. Sans être spécialiste, c'est même ce qui vous saute aux yeux les concernant, c'est une espèce mobile, très différente des pierres dont il était familier. Eléna ne jouait pas et ne bougeait pas. Elle était étonnamment géologique.

Elle ne s'animait que lors de leurs longues marches d'hiver. Elle devenait alors une enfant normale avec des joues rouges et des yeux brillants, qui posait des questions sans fin sur la formation de l'Arctique, les animaux, les roches qu'il ramassait. Elle voulait l'aider, elle s'affairait de son côté et revenait vers lui enchantée les poches pleines de petits cailloux : Regarde, petit oncle, n'est-ce pas qu'ils sont bien pour ton travail ceux que j'ai trouvés ? Après leur retour l'animation joyeuse de leur sortie persistait un temps. Elle se moquait de Varia, de ses inquiétudes et de ses frictions. Elle riait, demandait où était la Kolyma et si elle pourrait venir aussi quand oncle Mitia irait s'y promener dans les mines. Puis la flamme en elle s'épuisait peu à peu comme un feu qu'on n'entretient pas. Elle retournait à son apathie, à son monde, sur la chaise près du poêle.

Quel monde ? C'était pour lui un mystère que cet abîme intérieur dans lequel elle semblait s'absorber à nouveau. Il est vrai que son immobilité le fascinait, Varvara avait raison sur ce point. Comme elle avait raison, il le sentait, de lutter contre cette torpeur, de rouspéter, de la secouer. Elle tentait de la rattraper au bord du vide. Au fond il se sentait profondément en accord avec Varvara à propos de la petite, et c'était un fait étonnant qu'ils se disputaient régulièrement quand ils parlaient d'elle.

Il avait mis longtemps à recoller les morceaux de l'histoire, que cette tête de mule de Varia délivrait au compte-gouttes selon son humeur. Petit à petit, il avait fini par la reconstituer en entier. Sa mère était née au bord de la mer de Kara. Elle était d'une tribu d'Esquimaux éleveurs de rennes, des Nénètses de Iamal qui parcouraient la toundra avec les troupeaux. Mais elle avait de l'instruction et parlait russe parce qu'elle avait suivi l'école avec les traîneaux rouges de

Lénine, du temps que cela existait encore. À l'époque il y avait des instituteurs qui suivaient les tentes des nomades pour leur apprendre à lire et à écrire. Après on a supprimé cela, on n'en trouvait plus de ces instituteurs fanatiques qui sacrifiaient leur vie pour apporter l'instruction aux petits peuples du Nord en respectant leur mode de vie. C'étaient des purs, des bolcheviks du début… Enfin bref après on a mis les enfants autochtones en internat. Mais sa mère à elle avait grandi en bonne partie dans la toundra. Adulte elle y était restée, dans la même brigade d'éleveurs de rennes. C'était sa vie depuis toujours.

Seulement un jour pendant la transhumance, elle était tombée du traîneau. Un accident fréquent, dont le danger ne réside pas dans la chute sur la neige molle mais dans les sabots des rennes et les patins aiguisés de l'équipage suivant lancé à pleine vitesse, qui ne peut pas toujours se détourner à temps. Elle avait eu la jambe et une partie du bassin brisées net. C'est comme cela qu'elle s'était retrouvée au dispensaire de Salekhard, après avoir traversé les immenses pacages attachée sur une civière. C'est qu'à l'époque l'aviation sanitaire ne marchait pas comme de nos jours, on transportait les blessés en traîneau en leur ficelant la jambe sur une attelle de bois… ils se souvenaient longtemps du voyage. Une fois plâtrée, elle avait dû rester allongée quatre mois dans cette infirmerie et s'y ennuyait ferme. Elle était bien contente quand les travailleurs de la pêcherie venaient la voir, ça la distrayait un peu. Et l'un d'eux montrait plus d'empressement que les autres à venir la distraire. Il s'appelait Volodia. Il était de Léningrad et avait atterri ici par hasard. Il avait une cousine dans la région qui habitait un petit village sur l'Ob un peu plus au sud, et lors d'un séjour chez elle il avait entendu dire qu'on embauchait pour la pêche en mer de Kara. Cela valait d'être tenté. La vie est tellement rude dans le Grand Nord que les salaires y sont bons… On dit par ici qu'un polarnik – un travailleur polaire – qui a tenu plus de trois ans restera toute sa vie. Il avait tenu plus de trois ans. Il était tendre et assez timide avec les femmes. Il prit l'habitude de lui rendre visite tous les jours, de lui prêter des livres, puis son bras pour s'appuyer quand elle recommença à marcher. Lorsqu'elle fut tout à fait guérie, il fut bien embarrassé. Il retourna longtemps son compliment dans sa tête, et finalement vint en bredouillant lui proposer sa main, maintenant qu'elle n'avait plus besoin de son bras, si elle voulait bien accepter. Il était gentil et la demande bien tournée : elle avait accepté. Voilà comment elle avait épousé un Russe et s'était embauchée sur place à la comptabilité. Sa jambe de toute façon ne s'était pas bien remise et les troupeaux c'était fini pour elle. Mais elle avait toujours regretté la toundra et sa vie d'avant sous la tente. Parfois l'hiver, quand la banquise était formée et que la pêcherie tournait au ralenti, elle prenait sa petite sur son dos et elle l'emmenait là-bas, chez elle.

Il ne faut pas qu'il oublie d'ajouter les pommes de terre, sinon Varia va encore se fâcher quand elle reviendra de la conférence. Là-bas, chez elle… il en avait des images vivantes dans la tête. Les nomades nénètses, il avait appris à les connaître en croisant leurs campements au hasard de ses expéditions. Au loin dans la brume laiteuse au centre d'un cercle de traîneaux, il apercevait les flèches des tchoums dressées vers le ciel. Eux aussi l'avaient vu sans doute, petit point noir dans l'immensité opaline, et s'affairaient déjà pour le thé. Les femmes brisaient à la hache des blocs de glace et remplissaient les casseroles. Le voyageur était encore à une heure de marche mais c'est bien le temps qu'il faudrait à l'eau pour chauffer.

L'hospitalité était pour eux plus qu'une tradition. Dans ces étendues désertiques, les hommes sont si rares que toute rencontre avec un être humain est une fête. L'autre n'est pas un importun, c'est la perspective d'un bon moment à bavarder ensemble autour du foyer. On lui demandera d'où il vient et quelle est sa route, on le gavera de poisson séché et de ragoût de renne. On parlera avec colère des loups qui sont comme des furies en ce début de printemps et ont tué deux bêtes. Les Nénètses ne vivent que pour leur bétail dont ils connaissent intimement chaque tête, et la vie d'un renne a pour eux autant de prix que la leur. Le troupeau rythme la succession des jours. Lorsqu'il aura épuisé le lichen autour du camp, il faudra se déplacer un peu plus loin. Démonter les tchoums, charger les traîneaux, capturer au lasso des dizaines de rennes pour les atteler. Des heures de travail avant qu'enfin ne s'ébranle dans la nuit la longue caravane qu'on croirait sortie d'un conte de Noël, une procession de traîneaux tirés par des rennes se déroulant sur la plaine immaculée brillant dans la pénombre.

Beaucoup disent que ce peuple est fini, que l'ont détruit les violences imposées successivement depuis plus de cent ans par les Russes, les missionnaires puis les communistes. Dimitri qui les a regardés vivre n'en croit rien. Qu'est-ce qu'une centaine d'années pour un peuple millénaire qui a survécu au climat le plus extrême de la planète ? Les discours ont passé sur eux par vagues, le progrès, la vraie foi orthodoxe, puis le matérialisme dialectique, sans les atteindre en profondeur. En eux perdure un lien sacré au monde, où tout est sens et équilibre de forces magiques, dont l'homme n'est qu'une part minuscule. Plus au sud les peuples toungouses de la taïga demandent pardon aux arbres avant de les abattre. Ici les Nénètses continuent à fixer leurs tentes avec des amas de neige même en pleine tempête, parce que planter un pieu dans le sol pourrait offenser la terre.

Misérables, ayant à peine de quoi nourrir leur famille, exposés à mourir d'une blessure bénigne qui s'infecte ou d'une banale appendicite, parce que le blizzard s'est levé et que l'hélicoptère de l'aviation sanitaire ne passe pas… Russifiés, collectivisés, ligotés par le contrat du sovkhoze, enserrés dans leur double couche de vêtements de peau, enchaînés par une nature sans pitié : ce sont des hommes libres. Rien ne les entrave de ce qui empêtre chacun d'entre nous, ni la peur de la mort, ni la quête d'une dérisoire abondance de biens. Leur grande affaire est de humer l'air profondément au sortir du tchoum enfumé pour mesurer la vigueur du gel, puis contempler la tête levée l'étonnant paysage autour de soi. La terre et la mer se confondent, uniformément blanches et plates l'une et l'autre, sans ligne de fracture visible. L'œil porte si loin dans cette blancheur, qu'on croit percevoir la courbure de la terre à l'horizon. À ce point d'immensité l'espace devient une stature, imprégnant chacun des êtres qui l'habitent, une irréductible liberté intérieure qui fait les hommes bien nés, les Hommes Véritables, ainsi que ces peuples se désignent eux-mêmes.

Quitte-t-on jamais la toundra ? Souvent il s'était demandé quelle trace avait laissée en Léna sa filiation avec les Seigneurs de l'hiver. Que lui racontait sa mère qui s'était arrêtée un jour au village de Salekhard pour épouser un Russe, mais avait toujours regretté sa vie d'avant sous la tente ? Peut-être avait-elle gardé pour toujours dans le regard la nostalgie de ces images que lui-même, simple passant, n'avait pu oublier. Que lui chantait-elle ? Le sifflement du lasso dans l'air brillant, le ciel s'illuminant dans la nuit profonde de l'hiver quand s'allument les aurores boréales et leur ballet de lumière... Ou le cortège des traîneaux en marche sur la neige étincelante, et l'immensité blanche de l'espace droit devant soi abolissant la durée... Est-ce pour cette raison qu'en Léna le temps ne semble pas s'écouler ? Est-ce cela qui l'a rendue bizarre cette petite ?

Arkadovnié, 26 avril 88

Mon bon et cher Mitia,
et toi ma douce Varia,

Vassia est là.

Il est arrivé de nuit, sans avertir comme de coutume. Que j'aime ces retours en pleine nuit sans charivari, sans le tintamarre d'Anioucha, pour moi seule ! Je dors. Un rêve me vient où flotte une vague chaleur, un bruit familier… Je lutte ; je voudrais le chasser car je connais ces tromperies du sommeil et leurs réveils désolés. Mais le rêve insiste avec le son d'une voix, familière elle aussi… Il est bien là. Il est dans la pièce, il l'arpente comiquement avec de grands gestes mais sur la pointe des pieds, avec un flot de paroles à voix basse. Il s'assoit sur le lit, me prend dans ses bras en murmurant, repart, défait son sac en racontant tout bas. C'est la nuit que nous bavardons tous les deux. C'est la nuit qu'il est à moi, que l'étau de ses ambitions se desserre et me laisse de la place. Alors mes craintes aussi se relâchent. Je l'écoute mieux. Je lui parle aussi, moi qui n'ai rien à dire. Il sait poser les bonnes questions, il me demande ce que je vous ai écrit lors de son dernier départ. Je lui raconte les longues marches d'hiver avec Mitia et comme c'est la nuit, comme nous chuchotons, les images me reviennent plus distinctes encore que de jour, je sens sur moi la lourde peau de renne qui m'emmitouflait pour dormir, sa chaleur… Mais je me trompe, c'est la chaleur de Vassia qui m'entoure, et le poids de son lourd corps d'homme heureux.

C'est curieux, je crois qu'il restera longtemps cette fois. Déjà trois semaines qu'il est là et rien n'annonce son départ. Au contraire il semble s'installer. Il a persuadé Andreï qui était en permission aussi de venir nous voir quelques jours.

Andreï vous le connaissez, il était le témoin de Vassia à notre mariage. Ils sont amis d'enfance, amis depuis la deuxième classe du temps où le petit Andreï maladroit, bedonnant et affublé de grosses lunettes, était la proie régulière de la récréation, et où Vassia déjà chevaleresque prenait sa défense. À l'abri derrière ce rempart magnanime, Andreï finissait tranquillement les pâtés à la viande dont sa mère avait bourré son cartable. Ils me l'ont raconté, ils me le racontent à vrai dire tous les deux, presque à chacune de ses visites. Plus tard, Andreï put se protéger partiellement seul grâce à une intervention saugrenue de la nature. Il reconnaissait les bruits. Tous les bruits, même les plus minimes, il lui suffisait de les avoir entendus une fois et il les gardait en mémoire sans effort. Il en tira une aura qui lui permit bientôt de finir son goûter sans le ministère de Vassia. Bien souvent, il sauva la classe d'une punition inévitable en l'avertissant à temps – « Attention, criait-il, une voiture entre dans la cour, le pneu arrière gauche est dégonflé, c'est celle du directeur. L'instituteur monte l'escalier, il est à la septième marche, il manque un clou à sa botte droite. » Quand à l'adolescence Vassia commença à construire des engins volants, il fit sur ses tentatives d'étonnants diagnostics sonores. Ils ne différaient pas seulement physiquement. Vassia était dur, enflammé, parfois violent, toujours tendu vers un but. Andreï était nonchalant, posé, profondément distrait quant à la vie dont il ne comprenait pas très bien le fonctionnement. Le bruit qu'elle faisait lui était indéchiffrable, trop complexe, un brouhaha. Il se laissait aller au cours des choses, sans but bien établi. Par paresse il avait pris l'habitude de vivre dans le sillage de son ami. À l'âge d'homme il demanda naïvement à être versé lui aussi dans l'aviation sans penser qu'avec sa forte myopie, il n'avait guère le profil. Il fut rebuté bien sûr. Ce fut une déception, et un grand désarroi parce qu'il ne savait rien faire et n'avait pas d'idée. Il était resté empêtré et innocent. Il aimait les friands, quasiment à toutes les garnitures, et écouter le murmure des choses quand elles bougent.

À quoi diable pouvait-il être bon ?

Vassia dit qu'il fut sauvé par la bureaucratie communiste. C'est un système étonnant selon lui, qui peut étouffer des talents exceptionnels sous des tonnes de paperasserie mais auquel, précisément pour la même raison, rien n'échappe, pas une particularité, pas un détail de vie. Le capitaine chargé de réformer Andreï lut son dossier jusqu'au bout, ne négligea pas le don singulier mentionné en dernière ligne, et par acquit de conscience appela un de ses collègues de la marine. « Camarade, dit-il, j'ai là une taupe chaussée de verres securit dont l'armée de l'air n'a que faire, mais qui pourrait peut-être intéresser ta section de renseignement maritime. » Voilà comme ils racontent la chose en tout cas, chacun leur tour, presque à chacune de ses visites.

Maintenant Andreï le naïf, le mal fichu, est officier comme son ami de la deuxième classe. Il appartient au corps d'élite des analystes classificateurs : les « oreilles d'or », c'est ainsi qu'on les appelle. Ce sont des spécialistes des sons navals. Enfermés dans un bunker souterrain, ils écoutent des micros hypersensibles posés au fond des mers. Leur mémoire est une gigantesque collection de sons, ils reconnaissent à son approche chaque bâtiment qui navigue dans les océans, son nom, sa nationalité, le constructeur, le nombre de pales.

Sa vie, Andreï la passe là-bas, dans un endroit près de Mourmansk dont le nom est secret, un casque sur la tête. Il écoute, un banc de crevettes, un dauphin qui passe. Il entend comme s'il était au fond de la mer. Il a trouvé sa place et c'est là qu'il vit, dans le tréfonds des flots. Il en sort peu, ses permissions sont aussi rares que celles de Vassia. Et puis il souffre parmi nous, les gens de l'air libre. Pensez-vous, il sait tout ce qui se passe chez les voisins jusqu'à deux étages au-dessus. Ici, une scène de ménage, le grondement d'un lave-linge, un moulin à café qui tourne mal, voilà son lot continu. Là-bas, un banc d'esturgeons en rangs serrés. Comment ne pas le comprendre ? Régulièrement il tombe amoureux, de jeunes filles généreuses et excellentes cuisinières, mais l'aventure se termine au bout de quelques mois quand il refuse de quitter le monde sous-marin pour une vie plus quotidienne, plus tangible. C'est qu'il n'y a pas beaucoup de candidates pour mener la même existence que moi. Il ne semble pas en souffrir, il est bien ainsi, marin qui ne navigue pas, marin dans un bunker avec toute la musique des ondes dans la tête.

Parfois Andreï me raconte le monde du silence et sa multitude de sons. Bien sûr il est interdit d'emporter des enregistrements, alors il reconstitue, il imite pour moi les bruits de la mer. Bruits de la surface qui lui parviennent après un long voyage ondulant, bruits mystérieux du fond des eaux dont il connaît les secrets. Je m'assois à côté de lui, j'écoute. C'est comme s'il me prenait par la main et m'emmenait dessous les océans par un très grand escalier fait de marches invisibles, des marches flottantes qu'il faut descendre avec précaution. Un long chuintement, c'est une algue dérangée par un poisson qui ondule longuement, après son passage, très longuement. Maintenant une grosse caisse arrive battant bravement les flots, c'est un brise-glace norvégien, c'est le *Nordenskjöld*, on dirait qu'il a touché quelque part, son hélice est légèrement tordue. Il est passé. Un crissement aigu, un crabe oui, il monte sur le micro, protège tes oreilles. Les yeux fermés je descends les marches transparentes, j'entre dans la mer.

C'est Vassia qui m'en arrache, il s'emporte. « Rien, dit-il, je ne t'ai rien appris, je parie que tu ne sais toujours pas ce que c'est qu'un altimètre ! Oh tu m'écoutes moi aussi, avec une application, c'est à pleurer. Tu m'écoutes laborieusement, en élève qui veut bien faire mais ne comprend rien. Tandis que des *tacatac* et des *frtt-frrt*, ça y est ! Bouche bée, les yeux dans le vague, tu t'en vas… »

Il semblait vraiment fâché cette fois-ci. Il avait l'air triste, presque amer.

« Mais il y a la vie réelle aussi Léna. Elle ne se laisse pas déloger si facilement, elle existe, elle tambourine derrière la porte ! »

Que veut-il dire ?

Il a raison, malgré mes efforts je ne comprends rien quand lui raconte. C'est son monde tout entier qui m'échappe. Parce que voler dans les airs, c'est un rêve de petit garçon. Comment me parlerait-il ? Maîtriser le ciel, commander des avions, c'est une illusion trop masculine pour moi. Je connais sa passion mais je ne peux pas la ressentir, elle me reste étrangère parce que c'est une affaire d'hommes.

Tandis que la mer, c'est l'affaire de tout le monde. Ce que chuchote Andreï, je le vois comme si j'étais dedans. Il suffit de se laisser porter, de s'allonger en elle. Dessous surtout, tout au fond, là où il n'y a plus ni tempête ni fureur, seulement la pénombre assourdie et fluide. C'est là que tout se retrouve, ballotté par les eaux, que tout s'en ira. C'est là qu'ils sont les petits objets précieux de notre enfance qu'on a perdus, ma balle rouge que j'aimais tant, le tissu tout doux pour s'endormir. Ils se balancent, et autour d'eux il y a la bonté des êtres chers, les âmes des morts, les souvenirs oubliés, tout mélangé dans le roulis des flots. Il est là le royaume d'Hadès, il ne faut pas se retourner, il faut fermer les yeux, seulement couler avec eux, seulement glisser. Enfin je le crois, c'est ce que je vois quand j'écoute Andreï. C'est ce qui fâche Vassia sûrement.

Mais c'est à cause de lui aussi. Il vient, puis il repart à la Base. Il vient et il recouvre tout avec sa force, ses tourbillons d'écume, son énergie. Puis il se retire, il ne reste qu'une immensité déserte, jonchée d'instants échoués sur le sable, où je marche seule. Vassia, il est la marée. Ne le comprend-il pas ?

Pourquoi exige-t-il de moi ce dont je suis incapable ? L'attendre comme la grève attend le flux, cela je le peux. Partager son univers de désirs, suivre la course de ceux qui ont l'envie et la force de vouloir, cela je ne le peux pas.

Et le monde d'Andreï, est-il si différent du sien ? Il est heureux quand son ami est là. Ils vont dans le cellier, enfin le bureau pour discuter. Parfois je les regarde et je les trouve aussi dissemblables, aussi mal assortis que vous pouvez l'être, pardonnez-moi, Varvara et toi.

Pourtant. Ils travaillent en ce moment sur un modèle réduit, un robot volant ou quelque chose de ce genre, qui peut se piloter tout seul. Or Vassia voit, c'est certain. Il tient à la main un croquis, un fouillis de traits, un gigantesque plat de nouilles à mon sens, et d'un coup pointe du doigt, rectifie une courbe d'un quart de millimètre. Il a vu une erreur minuscule dans ce mikado de lignes. Andreï, lui, entend. Il démarre le moteur, écoute, hoche la tête. Ils sont totalement concentrés sur ce qu'ils font. Ils me paraissent finalement aussi assortis, aussi nécessaires l'un à l'autre que vous pouvez l'être tous deux, pardonnez-moi, Varvara et toi.

Ils jouent toujours, ils ressemblent sûrement à ce qu'ils étaient dans la deuxième classe. Est-ce que seules les petites filles grandissent ?

Je vous embrasse et je vous aime.

Léna

– Alors, me voilà en place. Non, je me mets aux pommes de terre, c'est tout, ça m'empêche pas d'écouter. Allez-y, je vous dis, lisez. Eh… il s'est bien débrouillé l'Andreï ! Oreille d'or, hein ? Mais si, à leur mariage vous vous souvenez, un petit gros très gentil mais bigleux comme c'est pas permis, un genre de crapaud à besicles. Quand je pense qu'il avait demandé l'aviation ! Ils ont dû rigoler à la commission d'aptitude. Comment ils lui ont envoyé ça, on n'a pas besoin de taupes dans l'armée de l'air… Ah, la bonne histoire, tiens je la raconterai à Agafia. Et maintenant il est officier lui aussi. Ça je suis bien d'accord, il est épatant notre système communiste. Une place pour chacun, très bien rangé.

– Je crois comprendre, Varvara, que c'était dit avec une certaine ironie…

– Ah non, ça va pas recommencer cette discussion ! Pour moi, je vous le dis tout net, je suis née communiste et je mourrai communiste. C'est bien trop compliqué de changer à mon âge.

– Alors, vous serez bientôt la seule. Enfin Varia, regardez les choses en face, plus personne ne croit au communisme de nos jours ! Des communistes il y en avait au début, oui, et quand les Allemands étaient aux portes de Moscou, il y en a eu encore malgré tout. Mais Staline en a éliminé un bon paquet et la guerre a fini le reste. On est en 1988, soyez raisonnable voyons !

– Ça m'étonne ce que vous dites là. Pourtant il y a toujours autant de monde aux réunions politiques. Bon d'accord, elles sont obligatoires, je reconnais que ça explique l'affluence. Mais justement c'est une très bonne idée. Sinon il n'y aurait presque personne, ça n'aurait pas de tenue. Tandis que 100 % de participation c'est un chiffre rond, ça fait quand même plus joli dans un compte rendu. Tenez la semaine dernière, on a élu à l'unanimité le candidat du Parti, c'est pas beau ça ?

– L'*unique* candidat du Parti vous voulez dire…

– Bien sûr ! C'est très pratique comme système. Pas de questions à se poser : on arrive, on lève la main, l'affaire est faite. On peut rentrer chez soi tranquille. Tandis qu'à l'Ouest, ils sont dans des embarras avec tous les candidats qu'ils ont… Lequel prendre ? Ils sont tous autant crétins les uns comme les autres ! C'est des affres pour eux. Chez nous voyez un peu la commodité, y a qu'à lever la main et le tour est joué, c'est le Parti qu'a choisi. Oui c'est ça, le plus crétin de tous… mais non, qu'est-ce que vous me faites dire ! Enfin si vous voulez, je vous concède que c'est pas des lumières qu'ils nous dégotent. En attendant ils nous retirent quand même une sacrée épine du pied. Parce qu'à l'Ouest pour choisir eux-mêmes le plus crétin de tous, ils se donnent un mal, un vrai casse-tête ! C'est tellement serré qu'au bout du compte ça fait des chipotis de chiffres, des 50,6 %, des 49,2 %, c'est ridicule honnêtement... Vous allez voir qu'un jour ils seront obligés de recompter les voix une à une pour être sûrs d'avoir pris l'abruti n° 1. Et l'avantage chez nous, c'est que tout est à l'avenant. Regardez : on se met à la file en rang d'oignons, on suit la Ligne, et voilà tout... La Ligne du Parti, ne vous faites pas plus bête que vous n'êtes. La Ligne vire à 180 degrés ? Hop ! Tous en épingle à cheveux et de nouveau à la queue leu leu derrière la Ligne en sens inverse d'avant. Avouez que c'est pratique.

– Pourtant à vous entendre parler de la perestroïka, il me semblait que cette nouvelle ligne ne vous plaisait pas tant que ça ?

– Ah, soupira-t-elle, m'en parlez pas. Perestroïka... Reconstruction, ça veut dire. C'est gentil, remarquez, ça part d'une bonne intention. Seulement les gens de mon âge, c'est nous qu'on l'a construite entièrement l'Union soviétique telle qu'elle est là. Je vous dis pas qu'elle est parfaite au bout du compte, mais vaille que vaille on pouvait s'en arranger. Ben non, maintenant paraît qu'elle est mal fichue, qu'on a fait ça de guingois... Si ça se trouve, ils vont nous faire tout recommencer depuis le début. Ils ne pouvaient pas attendre quelques années qu'on soit morts pour nous annoncer ça ? Franchement ? Faire reconstruire un peu les autres parce que nous on est fatigués à cette heure.

En plus, je vois comment ça va tourner cette histoire de reconstruction. Oui parce que j'ai travaillé dans le bâtiment, alors je sais très bien comment ça se passe. On s'échine à construire un petit immeuble, un fourbi à peu près habitable. Là-dessus le délégué de section se ramène avec des ingénieurs spécialistes. Ils examinent le fourbi : « Ça va pas qu'ils disent, il est de travers, faut corriger ici, et là, et encore là. » Oh nous les ouvriers, on écoute, on opine, mais on n'en pense pas moins. Pour faire semblant on fera semblant, on a l'habitude. Mais dans la réalité on sait qu'il vaut mieux pas suivre leurs conseils, surtout s'ils ont raison qu'y a des défauts dans la chose. Parce que je vais vous dire : quand un fourbi est mal fichu, et qu'il tient debout quand même, y a drôlement intérêt à pas y toucher. Sinon on commence à bricoler ici, à corriger là, et encore là, et paf ! D'un coup tout le fourbi vous dégringole sur la figure ! Oui, rigolez si vous voulez, mais je l'ai déjà vu ça. Et l'Union soviétique, c'est pas un petit immeuble. Ça fait 9 000 kilomètres de long, si ça tombe… y aura des gravats jusqu'en Papouasie ! Remarquez, ça leur fera les pieds dans le monde libre. Ils ont plus que ça à la bouche là-bas la perestroïka, ils savent même pas le traduire mais ils s'en sont entichés d'une façon… Attendez un peu que l'URSS s'écroule et qu'ils se la prennent sur le coin de la fiole, ils feront moins les malins.

Dimitri ne croyait pas une seconde que l'URSS pût s'écrouler comme un gymnase mal bâti. Il n'y avait que Varvara pour tenir ce genre de propos apocalyptiques, avec conviction en plus. Elle était comme d'habitude tout à ce qu'elle disait, certaine du bien-fondé de sa comparaison, s'appliquant seulement à la développer pour son interlocuteur, lequel, le pauvre, n'avait pas d'expérience dans le bâtiment et ne pouvait percevoir la situation avec la même acuité qu'elle.

Or lui, comme tous ceux qui avaient vécu dans le passé d'autres dégels suivis peu après d'une nouvelle ère de glaciation, ne voyait dans la perestroïka qu'un seul risque : celui de la voir se dégonfler comme un soufflé sorti du four, aussi vite qu'elle était montée, avec à la clé éventuellement une vague de répression contre ceux qui se seraient laissés aller à parler librement. C'était d'ailleurs précisément son histoire, et s'il n'avait pas travaillé dans le bâtiment, il avait en revanche l'expérience de ce que pouvait coûter d'avoir cru au dégel khroutchévien. C'est pourquoi il ne lâchait pas prise avec Varvara malgré les milliers de débats semblables qu'ils avaient eus déjà, où il voyait ses arguments se briser sur ces raisonnements insolites au service d'une crédulité inébranlable. Curieusement, alors qu'il s'était délibérément résigné à un moment de sa vie et avait renoncé dès lors à lutter avec le pouvoir, il luttait toujours avec Varia, se heurtant en fait à un mur semblable mais acceptant avec elle la défaite, au nom probablement de la candeur dont elle était aussi remplie que le pouvoir en était dépourvu. Il ne se faisait pour autant aucune illusion sur les conséquences de cette candeur. Sincèrement convaincue de la supériorité du système et de son côté pratique comme elle disait, elle levait la main avec enthousiasme : elle l'aurait levée pareillement pour envoyer un vieil ami ou un voisin au Goulag si le Parti l'avait demandé. Elle l'avait peut-être déjà fait dans le passé. Puis elle serait venue le visiter en prison avec des couvertures et des paniers remplis de provisions, le jour du départ se serait dépouillée pour lui de sa meilleure paire de bottes et lui aurait dit adieu avec des sanglots, toujours aussi sincère et entière, le plaignant à grosses larmes de son malheur. Allez comprendre la Russie après ça…

– On ne peut tout de même pas présenter les choses ainsi, reprit-il avec un semblant de véhémence. Des files indiennes d'*Homo sovieticus* suivant les méandres de la Ligne, soulagés de ne pas avoir à penser par eux-mêmes… La plupart reconnaissent des avantages au système, je vous l'accorde. Les gens s'arrangent, ils mènent leur petite vie, ils font semblant puisque c'est tout ce qu'on leur demande. Des signes extérieurs, des cravates rouges[1] et des slogans sur les murs, oui, de ça il y en a et c'est même tout ce qu'il reste du communisme, mais en dedans ? Personne à part vous n'aurait l'idée d'y croire sincèrement. À la vérité, les hommes sont devenus doubles. Ils sont pliés en deux, la face externe est conforme, mais ils ne savent plus eux-mêmes ce qu'il y a à l'intérieur du feuillet.

– Doubles ? répondit-elle, étonnée. Qu'est-ce que ça veut dire ça, doubles ? C'est une manie que vous avez de faire des complications là où il n'y en a pas. Moi j'explique à ma façon, c'est beaucoup plus simple qu'à la vôtre. Voyez-vous, j'avais huit ans quand il y a eu la collectivisation, et on nous a tout pris. Bon, on est allés travailler dans les kolkhozes où on est à moitié morts de faim. Mais quelle importance ? Puisqu'on construisait le socialisme pour nos enfants qui en verraient le bout du nez eux, et continueraient à leur tour. Là-dessus, la guerre est arrivée et à la fin on a compté sur les doigts d'une main les hommes qui sont reve-

1. Insigne des pionniers.

nus. Bon, on a élevé les enfants sans les hommes. Et maintenant, ils sont pliés en deux comme un feuillet ? Et à l'intérieur c'est écrit que tout ça c'était pour rien, toute la misère qu'on a vécue, pour rien et pas d'avenir radieux derrière ? Mais si par malheur c'était vrai Mitia, eh bien, j'aimerais mieux mourir avant qu'on me le démontre ! Parce que, imaginez seulement... Si on pouvait plus croire que ça ira mieux, que nos malheurs ça va quelque part, qu'on bâtit la route et que nos petits drilles après nous la trouveront plus douce à marcher... Mais les hommes ne pourraient plus vivre ! C'est pour le coup qu'ils deviendraient doubles. Pire que doubles, pliés en dix dans des asiles, oui !

Elle s'était émue et tourmentait les boutons de son tricot d'un air fâché tout en levant sur lui un regard hésitant.

– Vous me faites marcher hein, décida-t-elle finalement. Et moi je m'emporte comme une imbécile, comme si j'avais besoin de ça avec mon cœur qu'est fragile. Le docteur me l'a pourtant dit de plus vous écouter, il l'a même écrit sur l'ordonnance : 10 gouttes de Cardiotonine par jour et ne plus discuter avec Dimitri Fédorovitch. Allons lisez, ça vaudra mieux. C'est pas si souvent qu'elle écrit la petite, on va pas se disputer les jours de lettre.

Expliqué de cette façon, il ne savait plus que dire. Il n'aimait pas la voir peinée. À un moment ou un autre, la discussion se heurtait à un obstacle infranchissable pour lui : les souffrances d'une génération qui avait effectivement construit de ses mains, à un coût insensé, cet immense État soviétique qui aujourd'hui était là, de guingois peut-être mais debout, grâce à eux. Malgré les taches noires de ce passé, il aurait fallu une cruauté qu'il ne possédait pas pour piétiner ce morceau d'histoire, renvoyer ceux qui l'avaient vécu à l'oubli et au non-sens, ôter à Varia l'espoir que les souffrances humaines vont quelque part, que sa vie de dureté avait servi à quelque chose et aplani la route, au moins un peu, pour les petits drilles à venir. Alors il se taisait, lui qui n'avait pas craint de parler devant le KGB. Il la laissait retrouver d'elle-même sa tranquillité et décider que la perestroïka n'était qu'une farce, une espièglerie qu'il avait inventée, pour la faire enrager encore.

Puis, heureux de la voir rassérénée, il reprenait la lecture bien vite interrompue selon la coutume.

– Vous avez raison, pas de dispute les jours de lettre. Allons-y, nous en étions arrivés où, dites-moi ?

– Quand Andreï lui fait les bruits de la mer. Voilà… Et l'autre andouille qui l'écoute bouche bée, c'est tout elle ça. Vassili a bien raison de la gronder, si j'étais là elle en prendrait aussi de la part de Varvara. Le passage d'après j'ai rien compris, relisez pour voir. Hein ? La voilà arrivée au fond de la mer maintenant ! Par des marches invisibles qui descendent dans les flots ! Et qu'est-ce qu'elle raconte, qu'elle a trouvé sa balle rouge là-dessous en train de rouler au fond des eaux ? Elle est dans mon placard sa balle ! Ça vous allez lui répondre absolument, c'est trop d'ingratitude. Manquerait plus qu'on raconte dans le voisinage que je flanque ses affaires à la mer, une petite que j'ai soignée comme si c'était la mienne, que j'ai encore ses dents de lait dans un mouchoir. Si, vous lui marquerez, j'y tiens. Et qui c'est ce Hadès ? Le roi des morts… ben voyons, manquait plus que lui ! Non franchement, elle a toujours été toquée cette gamine mais là, elle est en passe de battre son record. Oui j'ai compris que c'est des façons de parler, merci, vous me l'avez déjà dit. Pourquoi vous la défendez toujours ? Vous voyez pas qu'elle file un mauvais coton ? Toujours à rêvasser, à mariner dans l'attente comme un cornichon dans la saumure, vous croyez que c'est sain. Elle finira par se dessécher, par devenir toute ridée de l'intérieur. Et pourquoi ils n'ont pas d'enfants encore ? C'est ça qu'il lui faudrait, un bon gros garçon, bien goulu à la mamelle, comme étaient les miens. Entre les lessives et les couches, ça lui ferait un peu accélérer l'allure, moi je vous le dis.

Il avait du mal à imaginer Léna avec des enfants, surtout un gros garçon vorace à la mamelle. Une petite fille plutôt, douce et rieuse. Un rien l'effarouchait. Petite, la flamme était si faible en elle qu'un souffle aurait pu l'éteindre. Il aurait fallu mettre ses mains autour, continûment… D'ailleurs, qu'avaient-ils fait d'autre toutes ces années ? Il tentait d'expliquer cela à Varia qui haussait les épaules tristement. Elle le savait aussi bien que lui, mais il y a la pudeur. D'habitude ils se taisaient l'un à l'autre le souci qui les rongeait à propos d'elle. Mais ces derniers temps avec ces lettres étranges qu'elle écrivait, ils sentaient bien tous deux que la petite allait mal. L'inquiétude grandissant, ce silence leur devenait pesant. Après un long moment, ce fut Varvara qui le rompit.

– Le jour qu'on nous l'a amenée, dit-elle, pensive, je m'en souviens comme si c'était hier. C'est l'instituteur qui la tenait par la main, c'est lui qu'on avait prévenu d'abord quand c'est arrivé. Elle s'est assise avec son tablier bleu, les mains posées sur les genoux, elle ne pleurait pas.

Seigneur Dieu, ajouta-t-elle douloureusement, ils le savaient pourtant que c'était pas le moment d'aller pêcher au trou, que la glace était mauvaise ! Ni Volodia ni elle n'étaient des novices. Mais je me souviens que le printemps a été précoce, et traître plus que de coutume cette année-là. La banquise a dû céder par grandes plaques, on a retrouvé leurs affaires sur le bord et la petite à côté. Combien d'heures a-t-elle attendu toute seule sur cette berge ? Et qu'est-ce qu'elle pouvait penser dans sa tête d'enfant ? L'instituteur racontait tout cela d'une voix sourde, la tête baissée. « Les corps, qu'il a dit, on ne les a même pas retrouvés. La mer ne les rendra sans doute qu'à l'été. Au début on l'a logée avec moi à l'école, mais je ne peux pas la garder. Alors j'ai pensé à vous Varvara Alexandrovna, parce que le père était cousin de feu votre mari, et quand l'Ob a dégelé, j'ai pris le premier bateau pour vous l'amener. Vous ne vous fréquentiez pas beaucoup, mais c'est quand même sa famille. Elle serait mieux chez vous qu'à l'orphelinat. »

Tous les deux bon sang, pourquoi y a-t-il tant de malheurs sur la terre ? Enfin, on l'a prise. Longtemps j'ai pensé que cette enfant-là ne vivrait pas. C'était trop chiffonné, trop inerte. Elle était ailleurs, toujours immobile. Et puis elle ne pleurait jamais... où étaient-elles passées toutes ces larmes qui ne sortaient pas ? Il y avait quelque chose de lourd en elle qui la tirait vers le fond, peut-être ces larmes accumulées, je ne sais pas. Ai-je assez lutté contre cette chose-là, je la bousculais, j'essayais de la tirer de l'autre sens à ma façon mais rien n'y faisait. Quand elle est partie à la ville pour ses études, c'était pire de la savoir loin, je me retournais dans mon lit à longueur de nuit. Allait-elle seulement se bouger pour se faire à manger ? Et puis un jour elle n'est pas revenue seule aux vacances. Elle nous a ramené ce Vassili, un élève pilote, un grand gaillard plein de volonté avec un rire comme un tonnerre, un garçon normal quoi ! C'était inespéré. Je me suis dit, Varvara, ce coup-ci ça y est, tu vas pouvoir dormir, il va la ranimer lui. Il savait y faire avec elle, elle se laissait guider comme un traîneau sur la neige fraîche. J'étais bien soulagée de voir ça, en voilà un qui va l'attacher solidement sur terre et à nous les nuits tranquilles. Mais non, voilà que ça recommence ! Ce n'est plus la chaise près du poêle maintenant, c'est l'arbre sous la fenêtre. Et des stations pendant des heures.

On ne devrait pas parler ainsi, Mitia. Ça nous fait du mal et ça ne sert à rien. Quand cesserons-nous de nous faire du souci pour elle ?

Elle avait perdu tout entrain. Elle souleva avec peine sa grosse carcasse de la chaise et se dirigea à pas lents vers la chambre. Sur le pas de la porte elle hésita un moment la main sur la poignée, égarée dans une pensée difficile à saisir, semblant y renoncer, puis la poursuivant tout de même avant de se retirer.

– Croyez-moi, lâcha-t-elle tristement, ça me serre le cœur de le dire Mitia, mais ce qu'elle aime en lui c'est son absence, son absence indéfiniment renouvelée.

Arkadovnié, 8 juin 88

Mon bon et cher Mitia,
et toi ma douce Varia,

Je crains le stylo du départ et le moment de le reprendre. Je crains le papier, l'enveloppe pour la lettre de son départ. Ils sont là pourtant, étalés sur ma table.

Vassili est reparti à la Base. Et me voilà repartie moi aussi, dans l'attente, qui m'est comme un pays.

Comme il est long mon pays, comme il est plat, infiniment plat et long. Il n'a pas de terme mon pays, il n'a pas de contours, il offre au regard ses alentours semblables, de tous côtés la même étendue devant soi étalée. C'est une plaine. Il ressemble à la steppe, à l'immense banquise quand la mer qui n'a pas de fin s'est suspendue, avec ses vagues de cire et ses icebergs figés. Quand elle est prise dans le sortilège de l'hiver, le pouvoir maléfique qui retire la vie de dedans les choses et les change en pierre. Le froid est là, qui saisit à la gorge, aux doigts, qui tire vers le noir. Viens, dit-il, viens là où les êtres deviennent immobiles et insensibles. Viens, toi aussi je te changerai en pierre et toute douleur cessera. Tu seras statue parmi les autres, posée sur la mer captive, noyée dans la blancheur uniforme du pays qui n'a pas de couleurs et pas de frontières, le pays d'absence.

Lentement la vie en moi ralentit. C'est mon pas d'abord, puis ma voix qui devient plus sourde, puis tous les mouvements. Je m'entends à peine vivre. Heureusement les soirs désœuvrés il y a les queues interminables qui s'étalent devant les magasins. Je m'y réfugie, au cœur d'eux, au chaud dans l'attente des autres.

Mais il faut bien rentrer, et si lentement que je marche je finis par arriver. Je m'assois près de l'orme, sous la fenêtre.

Une fois installée, je suis bien. L'attente de Vassia est un état. Elle est semblable à la brume de chez nous quand elle tombe sur la terre gelée. Elle se lève si vite qu'on la sent à peine venir. Au loin un nuage recouvre l'horizon, s'étend vers nous, en quelques instants déjà nous entoure. Le ciel est grisé, d'un gris doux et fin, puis la neige à son tour se grise, oublie sa blancheur. Un instant encore une ligne plus claire sépare le ciel et la terre. Puis elle disparaît, et il n'y a plus ni sensation ni repère, seulement le brouillard comme un drap terne et passé, comme un étui feutré. Alors l'on vit en brume, la démarche hésitante, voyant à peine, ne sachant de l'avenir que le pas qui nous précède.

C'est une matière la brume, humide, douce. Moi-même je suis faite de cette grisaille qui m'enveloppe tout entière. C'est la matière de nostalgie. Elle a la même texture que le manteau couleur du temps de Peau d'Âne. Quand Vassia s'en va la brume se lève en moi puis m'imprègne entièrement, et je suis faite de cette étrange matière, de pure nostalgie.

Sans doute les gens le ressentent. Ils se départent avec moi de leur brutalité habituelle. Ils me parlent avec douceur et précaution, comme l'on fait avec les malades, les êtres faibles. Comme il pourrait arriver à une jeune femme, tout juste enceinte, d'une à deux semaines à peine, dont personne ne saurait déceler l'état qu'elle-même ignore encore. Pourtant elle en transporte la prescience cachée au fond d'elle-même, et le secret que recèle son corps insensiblement la change. Sans s'en rendre compte, elle a cambré légèrement les reins, modifié sa démarche. Et la foule de la rue, percevant cet indéfinissable mystère en elle malgré son ventre encore plat, la traite avec une bienveillance inaccoutumée qui la surprend, qu'elle ne sait s'expliquer.

Ainsi font-ils également avec moi quand Vassia est au loin. Peut-être ont-ils raison. Je porte en moi chaque absence de Vassia, jusqu'à son terme, jusqu'à la délivrance, qui me vient de jour ou de nuit sans prévenir, annoncée par le gémissement d'une marche.

Mais le fardeau m'est devenu trop lourd. Je n'ai plus de forces. J'ai peur et je ne sais pas de quoi. Vassia a changé. Je crois qu'il me tait quelque chose d'essentiel, je le sens comme une certitude que je suis incapable d'expliquer, même à vous.

Le pays aussi change. On a ouvert la boîte du passé et les journaux sont pleins de choses dont on ne parlait jamais. Les gens sont devenus agités, ils discutent entre eux dans l'autobus, ils lisent sans arrêt, ils veulent savoir. Leurs yeux brillent de désir et d'espoir comme jamais auparavant, et je sens à quel point je reste à l'écart de cette animation qui affecte tout le pays. Elle ne m'inspire que la crainte. Je n'ai ni envie ni ambition, j'ai peur des changements, je suis incapable de m'y adapter et je ne me sens en sécurité que près de l'arbre sous la fenêtre. Je ne sais rien faire d'autre que porter l'absence de Vassia dans un univers immobile.

Si le monde change, que deviendrai-je ?

Pardonnez-moi je n'ai plus de forces. Je vous aime très fort tous les deux. Croyez en moi, oh oui croyez en moi.

Léna

Dimitri avait terminé la lecture de la lettre et Varvara ne l'avait même pas interrompu. Il l'avait reposée tristement sur la table, près de la lampe jaune dont les bords s'écaillent. Maintenant tous deux se taisaient. Un long temps se passa ainsi.

– C'est de pire en pire..., dit Varvara sans conviction. Cette fois quand son homme part au travail, ça la change en statue de pierre, enceinte de son absence. Heureusement que toutes les femmes russes ne sont pas comme elle, ça nous ferait un joli pays... à moitié pétrifié, avec une forte natalité de fantômes. Allez, je n'ai même plus le cœur à galéjer. Pourquoi s'imagine-t-elle qu'il lui cache quelque chose ? Et quoi ? Sûrement pas une histoire de femme, ce n'est pas son genre. D'où ça lui vient enfin ce genre d'idées ?

– Ce ne sont pas des idées, répondit-il, plutôt des impressions. Elle ressent ce qui se passe chez les autres avec acuité, mais elle ne sait pas le traduire. Elle vit comme a vécu le pays depuis soixante-dix ans, de façon immuable et figée. Peut-être perçoit-elle simplement en Vassia ce qui est perceptible partout depuis la glasnost et la perestroïka, l'aspiration au changement, à une vie différente. Et cela la terrifie parce qu'elle ne peut pas suivre, parce qu'elle ne peut vivre au contraire que dans un monde où rien ne change, sans évolution et sans dessein.

– Parce qu'elle pense que c'est possible ? Vous voulez dire qu'elle compte rester assise sur cette chaise toute sa vie, à l'attendre, et nous écrire des lettres qui n'ont pas le sens commun ? C'est ça ?

Oui, c'est probablement cela. Varvara s'était détournée pour cacher son désarroi, trop inquiète pour ajouter quoi que ce soit. Elle remuait des outils en soupirant, finalement sortit en silence travailler dans le jardin. Dimitri cherchait du papier à lettres dans le tiroir. Il voulait répondre à la petite mais se sentait impuissant à trouver les mots qui auraient pu l'apaiser. Sa souffrance était si mystérieuse, il aurait fallu d'abord la comprendre.

Les petites filles ne grandissent pas non plus. Elle n'a pas changé depuis l'enfance. Elle espère toujours qu'en ne remuant pas du tout on peut conjurer le malheur, détourner son attention. Elle croit que le malheur est comme ces animaux dont les yeux aveugles ne détectent que les mouvements. Quelque petite voix en elle chuchote : tu sais, si tu ne bouges pas du tout, il ne te verra pas.

Un jour, elle devait avoir huit ans tout juste, il y avait eu une inspection à l'école. Léna, qui était l'élève la plus silencieuse de la classe, s'était levée soudainement sans qu'on l'interroge et avait déclaré à haute voix : « Je hais le monde libre, et le printemps. »

Puis elle avait repris sa place et s'était tue obstinément. Cette intervention bizarre avait jeté un froid. Son animosité contre l'Occident ne posait pas problème à la commission au contraire, mais le printemps ? Et quel lien faisait-elle entre les deux ? L'institutrice avait dû prendre les inspecteurs à part et leur expliquer que cette élève nouvellement arrivée était un peu perturbée, ses deux parents s'étant noyés en pêchant sur de la glace trop fragile.

L'incident fut clos mais Dimitri s'était longtemps demandé ce qu'elle avait voulu dire. Elle se représentait sûrement le monde libre fourmillant d'actions et d'initiatives, comme la nature avec le renouveau quand elle s'éveille et réclame ses droits. Elle, à l'opposé, vivait enfouie sous une épaisse gangue de passivité et de silence. Son enfance, elle l'avait passée sur cette chaise près du poêle. Arrivée à l'âge de jeune fille, elle était devenue un peu plus mobile. Elle marchait, un peu, elle se promenait. Elle déambulait plutôt. Elle était souvent dans les corridors, les vestibules. À la maison des pionniers, à l'Institut technologique où elle a fini ses études, ses camarades la trouvaient errant dans les entrées, les couloirs, comme si elle avait oublié ou perdu quelque chose. On avait du mal à la situer. Si elle était née dans le monde libre, elle aurait fini par y trouver une place quand même. Elle aurait travaillé dans les douanes vraisemblablement, à garder les frontières dans une guérite en bois. Elle se serait sentie à l'aise dans le no man's land, elle s'y serait installée et elle aurait vécu là, entre deux frontières, entre deux mondes, très vaguement présente…

Elle ne fait rien et on a toujours l'impression de la déranger. On la dérange dans sa contemplation. Quand elle est assise, ce n'est pas l'arbre qu'elle regarde. C'est quelque chose qui est en elle, difficile à voir. Comme c'est mal éclairé à l'intérieur de soi. Il faut écarquiller les yeux. Ce qu'elle s'efforce ainsi de distinguer, c'est probablement une sorte de trésor : deux bouts de ficelle, un caillou qui brille, une petite balle rouge.

Elle voit bien que les humains s'agitent, et elle demeure en arrière. Elle est au bord de la vie mais elle n'entre pas. Elle est restée dans la salle d'attente.

Elle voudrait ne pas en sortir. Dimitri et Varvara avaient espéré tous deux avec l'arrivée de Vassili et ce mariage. Elle l'aimait intensément, c'était visible. Elle ne l'avait pas regardé passer sans un geste comme elle faisait avec le reste, elle avait saisi cette chance. Pour lui elle s'était approchée de la vie, tout au bord. Elle semblait avoir trouvé ce qu'elle avait perdu ou oublié. Il ne lui ressemblait pas du tout. C'était un homme tout en lignes de force et volonté, et le contraste était frappant quand elle se tenait à son côté, placide et dolente, les gestes lents. Pourtant ils avaient quelque chose de commun, difficile à définir, qui se percevait dans le regard d'enchantement étonné que Vassili posait parfois sur elle. Il la regardait comme on regarderait une terre utopique, le pays où l'on n'arrive jamais. Varvara prétendait que s'il était tombé amoureux d'elle, de cet ectoplasme perdu dans ses songes, c'était par défi – les aviateurs, ça aime les missions impossibles. Peut-être au fond. Peut-être était-ce cela leur étrange lien commun : la nostalgie de l'inaccessible.

Mais depuis quelque temps Dimitri la sentait plus que jamais reprise par les sortilèges qui se cachaient au fond d'elle. Ses lettres étaient de plus en plus tristes. Cette fois elle n'avait même pas pu terminer. On eût dit qu'elle sentait planer une menace, et qu'elle rassemblait ses pauvres forces avant de l'affronter, se tournant vers eux avec une prière indéchiffrable.

Il comprenait confusément la nature de cette crainte imprécise et croissante. Elle avait peur que ne survînt autour d'elle, en Vassia surtout, un événement qui la forcerait à ouvrir la porte et entrer dans la vie, à affronter ses remous et sa fureur. Mais lequel ?

II

L'AZUR

Le général Badietsev avait fini. Il renouvelait ses félicitations au lieutenant Vassili Alexeïévitch Volianov qui se tenait en face de lui. Celui-ci avait fait preuve d'une grande endurance et ses notes étaient excellentes dans tous les domaines. De fait il était classé deuxième sur les deux cents hommes testés. Bien sûr il y avait des impondérables, le meilleur des équipages pouvait se trouver cloué au sol par une maladie ou un accident à l'entraînement. Mais si la chance lui évitait ces imprévus, il partirait. Comme lui-même, général Badietsev, était parti, ajouta-t-il avec une pointe d'émotion, un mardi de septembre 1976…

Avant de refermer le dossier, il s'attarda un instant sur l'un des documents.

– Vous êtes marié depuis cinq ans, n'est-ce pas ?

C'était une affirmation plus qu'une question, par conséquent elle n'appelait pas de réponse.

– Nous avons peu de chose sur votre femme… Nationalité russe, origine nénètse par sa mère. Voilà qui est bien, les peuples du Nord sont solides. Orpheline à sept ans, élevée par une parente du côté paternel. Études à l'Institut technique de chimie, à Tioumen où vous étiez vous-même élève pilote à l'École d'aviation, rencontre et mariage un an plus tard. Le combinat chimique où elle travaille est satisfait d'elle. Ponctuelle, sérieuse, réservée. Assiste aux réunions politiques. Rien de particulier. Oui, vraiment rien de particulier… c'est cela qui me gêne un peu. Quel caractère a-t-elle au juste ?

Cette fois c'était une question. Après cette énumération sur un ton indifférent c'était même une question précise, comme le regard qui l'accompagnait. Le visage du lieutenant Volianov resta serein.

– Ma femme fera son devoir, camarade général. Elle est citoyenne soviétique.

– Alors tout est en ordre, décida le général en refermant le dossier. Comme vous le savez, vous devez pouvoir compter sur elle car l'épreuve physique n'est rien, c'est le reste qui tranche. Votre dernier congé après les sélections a été long. Celui-ci sera bref. Profitez-en, la tâche qui vous attend est difficile. Je vous souhaite personnellement bonne chance, Vassili Alexeïévitch.

– Je vous en remercie, camarade général. Je tâcherai de me montrer digne de la confiance que le pays place en moi.

Dans la voiture qui l'amenait à l'aéroport, Vassili eut un sourire. Ainsi même le KGB n'avait pas réussi à déterminer la nature au juste du caractère d'Eléna… Il leur souhaitait bon courage. Il était son mari depuis cinq ans, il connaissait chaque courbe de son corps, chaque ligne de son visage, et elle était restée pour lui un mystère. Il avait tant cherché à décrypter lui aussi. Mais cela ne servait à rien. Il fallait plutôt la regarder seulement. Elle vivait dans un monde à part, et la frontière commune où ils se rejoignaient était si mince, si fragile. Si belle aussi.

Il arriverait de nuit et n'aurait qu'une semaine auprès d'elle. Il lui dirait dès ce soir. Pendant les deux mois très durs de sélection qu'il venait de passer, il avait peu pensé à cette conversation. Les épreuves requéraient toute son énergie, et puis les chances de succès étaient si faibles qu'il ne valait pas la peine d'en envisager les conséquences. Mais il avait réussi. Aussi incroyable que cela paraisse, il avait réussi.

Maintenant il avait cette conversation devant lui. Il se rendait compte qu'il était incapable de prévoir comment elle réagirait. Il savait seulement qu'il allait lui faire mal. Et qu'il n'hésiterait pas, même si elle était ce à quoi il tenait le plus au monde. Mais il ignorait ce qui allait la blesser exactement dans les paroles qu'il lui dirait ce soir. Pas son départ, ni son absence pendant plusieurs mois et le danger. Cela, elle était capable de le supporter. Elle y était habituée. Non, plutôt la trahison de ce pacte tacite qu'elle avait décrit à Mitia et Varia dans l'une de ses lettres : « Moi j'attends Vassia, et lui il me regarde. C'est ainsi que nous vivons. » Maintenant il allait partir pour poser sur un autre spectacle ce regard d'enchantement étonné qu'il avait eu pour elle dès qu'il l'avait vue. Pour aller regarder des heures durant une autre image aux lignes rondes et pures, irréelle et sacrée elle aussi.

Il avait peur de cette conversation. Peur du mal qu'il allait lui faire, mais peur plus encore de sa réaction. Il prenait conscience intensément de l'enjeu qu'elle contenait pour lui. Ce n'était pas sa décision qui serait affectée. Elle était prise et il irait là-bas, même si cela devait détruire Léna et ce qui les unissait. Seulement dans ce cas, il n'irait pas de la même façon.

Si jamais elle était capable de percevoir ce désir, cette ambition démesurée, ce qui l'avait amené dans le bureau du général Badietsev dont il ne pouvait dire lui-même le nom exact, si elle pouvait l'approcher un tant soit peu, lui ouvrir la porte… Alors ce serait un autre départ, une autre aventure. Chacun des instants en serait différent, chacun de ses pas sur le tarmac, chacun de ses gestes dans la cabine. Si elle pouvait l'accompagner à sa façon, de sa chaise auprès de la fenêtre.

La première fois que je l'ai vue c'était à l'anniversaire d'Anna, à Tioumen. Pour dire la vérité j'étais un jeune imbécile à l'époque, aussi brouillon que bouillonnant, comme on est à cet âge. Impérieux et tendu comme un arc, mais sans rime ni raison, sans but réel. Je voulais passionnément quelque chose, mais quoi ? Parfois je m'allongeais sur la terre, les bras en croix, et je l'étreignais de toutes mes forces. Mais ce n'était pas suffisant. Je me trompais sur mes désirs, je ne savais pas leur donner une direction. Tant de force inemployée m'étouffait et je trouvais le monde trop petit, beaucoup trop petit pour moi. Alors j'ai décidé d'aller voir au-dessus, d'en haut : je suis monté dans des avions. C'était déjà mieux. Je reprochais au monde d'être trop désordonné, impulsif, mes propres défauts en somme. De là-haut il m'a plu. Il paraissait plus géométrique, animé d'une volonté. J'aimais surtout l'horizon, sa courbure douce, sa ligne parfaite. Il m'apaisait. Là-haut, je devenais moi aussi mieux ordonné. Je comprenais enfin ce que j'avais tant désiré étreindre : c'était la ligne d'horizon, celle qui se dérobe toujours, le pays où l'on n'arrive jamais.

Il y avait des jeunes filles à l'Institut technique de Tioumen, et les élèves de l'École d'aviation les fréquentaient. Tout le monde connaissait Anna. Elle était mince, avec des cheveux blonds et fins, un visage perpétuellement animé et souriant. On l'appréciait pour son caractère enjoué, mais aussi parce que son père occupait un poste important au comité de région et s'absentait souvent. Anna en profitait pour réunir ses amis dans leur vaste appartement qui était devenu le lieu de rencontre de la jeunesse de Tioumen. Ce jour-là elle fêtait son anniversaire et lorsque j'arrivai, assez tôt pourtant, l'appartement était déjà plein de monde. Je suis allé au fond rejoindre mes camarades de l'école. J'étais heureux – heureux pour Anna, heureux d'être là avec toute la compagnie, heureux tout simplement.

Un peu plus tard je me suis retourné et j'ai vu une jeune femme dans l'encadrement de la porte. Elle avait le même âge qu'Anna, et pourtant je n'avais pas pensé une *jeune fille*, tant elle évoquait peu la candeur ou la légèreté. Son corps aux formes pleines, sa beauté massive, donnaient au contraire une impression de pesanteur et d'intensité. Des cheveux noirs et denses entouraient son visage, de la même façon que les montants de la porte formaient un cadre à sa silhouette. Ses traits avaient manifestement été dessinés par quelque pinceau asiatique patient, millénaire, obsédé de perfection. On y lisait l'histoire brassée de l'Eurasie, le règne des Scythes et les incursions des nomades du Levant, mais aussi l'influence de notre peuple, celui des rivières et des forêts, venant tempérer l'aridité et la sauvagerie de la steppe. Les pommettes hautes et les sourcils nettement arqués se rejoignaient presque, entourant de magnifiques yeux gris clair, étirés, interminables. Le visage se russifiait ensuite et le nez droit, la bouche de facture très douce, étaient vraiment nôtres. Elle avait posé la main sur le mur et s'y appuyait, légèrement penchée, comme si ce passé fût trop lourd à porter pour elle et que le moindre déhanchement risquât de la déséquilibrer. Elle semblait ainsi onduler doucement vers l'huisserie, lui chuchoter quelque chose. Il y avait dans ce tableau une harmonie extrême, qui tenait à la douceur des courbes, à la manière dont elles se répondaient, à la pureté de ce visage arrondi s'allongeant lentement vers le bas. Elle ne bougeait pas. Elle regardait vaguement l'assemblée turbulente du salon, faisant une longue pause avant de s'y engager, semblant puiser l'énergie nécessaire dans l'intense vie intérieure qui paraissait l'habiter. J'aimais le contraste entre ce regard lointain et la force de sa présence dans cette porte, entre son immobilité et le mouvement suggéré par l'inclinaison, à peine, du corps vers l'embrasure. Elle m'évoquait quelque chose de familier que j'avais vu des centaines de fois déjà, mais que je n'arrivais pas à identifier. La mise au point se fit enfin. J'avais trouvé : la ligne d'horizon. Elle ressemblait à la ligne d'horizon.

Je crois que j'ai traversé la pièce d'un trait, sans réfléchir. Je me suis arrêté près d'elle comme on atterrit après un long voyage, avec ce soulagement que l'on éprouve à être enfin arrivé. Je lui ai dit mon nom et j'ai ajouté, dans un besoin de me définir le plus exactement possible : « Je suis aspirant pilote dans l'armée de l'air soviétique. » Puis je suis reparti, j'ai traversé dans l'autre sens comme j'étais venu. Elle a mis longtemps. Je ne sais pas combien de temps, je ne sais plus à quel moment de la soirée elle est venue s'asseoir près de moi et m'a répondu. Elle a dit : « Je m'appelle Léna. Je viens du Nord. De très loin dans le Nord. » Nous sommes restés ainsi, l'un à côté de l'autre sans parler. Je pensais : c'est bien suffisant. Aspirer à ; air ; soviétique ; loin ; Nord. Avec ce que nous avions dit, on pouvait construire une histoire. Léna aussi était plongée dans ses pensées. Au bout d'un long moment elle a rompu le silence et dit tout bas, comme en écho : « Une belle histoire. Une féerie peut-être. »

Nous nous sommes revus souvent. Je passais le soir la chercher à la sortie des cours, et nous allions nous promener au bord du fleuve. Elle se livrait petit à petit. Elle me racontait son pays natal et ses infinis paysages. Elle parlait longuement de ces deux êtres hors du commun qui l'avaient recueillie et élevée.

Moi je parlais d'avions, du vol que j'avais effectué dans la journée. Elle m'écoutait avec une très grande attention et ne comprenait absolument rien. C'était étonnant. Même Anna, à force de fréquenter notre groupe, avait fini par acquérir une ou deux notions d'aéronautique. Mais pas Léna. Peut-être s'était-elle fermée volontairement à ce domaine, y percevant d'instinct un rival, une menace. Je recommençais pourtant. Je racontais un autre vol, ses erreurs, les insuffisances qui me tourmentaient et qu'il me fallait travailler. Elle écoutait consciencieusement, et l'effort plissait ses sourcils à l'arc si pur que je le croyais infroissable. Elle était touchante ainsi, presque drôle, proche en tout cas, et j'avais envie de la prendre contre moi, de caresser les contours de son visage, de vérifier dans ma main la densité de ses cheveux et de son corps. Mais je me retenais, je souriais seulement et je voyais à coup sûr ses traits se déplier, reprendre la pureté de leur dessin. Elle aimait que je lui sourie. Elle disait y puiser je ne sais quelle énergie qui s'échappait de moi et s'approchait les yeux mi-clos en levant légèrement le visage vers mon sourire, comme on le tend au soleil quand il apparaît entre deux nuages. Lorsqu'elle venait ainsi se réchauffer près de moi elle s'apaisait complètement, et émanait d'elle une expression de plénitude, de disposition à l'accueil, qui me bouleversait.

Mais ce que j'aimais surtout, c'était la regarder à quelques mètres de distance comme je l'avais vue la première fois. Parfois elle s'immobilisait, indifférente à ce qui l'entourait, arrêtée dans son cours comme un film qu'on stoppe sur une image. Elle pouvait rester ainsi très longtemps, fixée dans l'attitude qui l'avait saisie. J'avais tout le loisir de la contempler.

Elle était trop perméable. Le souffle des autres la traversait, même dans les échanges banals du quotidien. Elle était menacée de déchirures, de voir ce qui la tissait partir en lambeaux arrachés par le vent. De même que chez Anna à l'orée du salon, il lui fallait avant d'entrer dans une pièce, une conversation, dans le commerce des humains, se recueillir. Elle partait à la recherche de bouts de souvenir, de bribes d'elle-même, de restes surnageant d'un passé englouti. Des sons aussi, car elle semblait écouter également, tenter de percevoir une mélopée lointaine à peine audible. Elle finissait par rassembler ces fragments épars, les prenait dans ses mains avec précaution, un à un. C'est seulement quand elle les avait réunis qu'elle pouvait enfin se tourner vers les vivants, reconstituée, protégée par cette dérisoire armure.

Dans ces instants où elle était concentrée sur cette quête vitale pour elle, son visage et tout son être exprimaient une douleur nue et intemporelle. Elle m'inspirait ce mélange de crainte et de fascination qu'on peut éprouver devant le surnaturel. Un désir de destruction aussi, de l'étreindre jusqu'à la broyer, de l'arracher à cet univers interne d'où j'étais exclu. Plus tard quand j'ai connu ses parents nourriciers j'ai vu chez eux des réactions de même nature. Varvara la brutalisait dans ces moments-là, elle voulait la ramener parmi nous de force. Au contraire de Dimitri qui avait toujours éprouvé une attirance hypnotique pour cette enfant figée.

Je l'ai regardée ainsi pendant six mois, avec tendresse, avec ravissement ou violence, alternativement. Un jour lors d'une promenade, alors qu'elle s'était accoudée au parapet pour regarder le fleuve et que j'étais resté un peu en arrière, j'ai éprouvé tous ces sentiments ensemble. Je l'avais appelée, je ne sais plus pourquoi, et elle a tourné la tête dans un mouvement lent et docile. J'avais dû la surprendre dans une de ses rêveries et son visage en gardait l'empreinte douloureuse, mais comme je lui souriais, une expression de douceur et de sérénité venait s'y ajouter, formant un mélange unique. Je n'ai plus hésité, j'ai franchi la distance qui nous séparait d'un trait sans réfléchir, comme je l'avais fait chez Anna. Je l'ai prise contre moi, en l'entourant entièrement de mes deux bras. J'ai senti sa main se crisper sur le parapet et son corps se raidir. Je savais bien qu'il n'est pas facile de s'expatrier, de quitter sa précaire cuirasse pour aller en habiter une autre. Je n'étais pas pressé. J'aurais pu la tenir ainsi des mois, tel un rempart vivant, attendant qu'elle s'y fît ses repères. Mais je n'ai pas eu à patienter si longtemps. Sa résistance a cédé d'un coup, comme s'effondre un pan de montagne, comme cède un morceau de banquise sous l'assaut des vagues. Elle a lâché la rambarde et ployé vers moi, aussi pieuse et confiante qu'elle était cabrée l'instant d'avant, dans un abandon qui rendait son corps étonnamment lourd entre mes bras. Et je me suis chargé de ce fardeau.

Après, a commencé cette vie qu'elle a aimée. Je partais, je revenais. Elle s'y est installée et l'a aménagée comme une coque étanche où elle était à l'abri du réel. Elle lui suffisait. À moi aussi au début ; puis le présent nous a rattrapés. Le monde s'est mis à bouger autour de nous et cette vie hors du temps m'est devenue de plus en plus pesante.

Un jour j'ai écrit à Varvara. Elle m'a répondu qu'une partie d'elle était restée là-bas sous la glace, qu'on n'y pouvait rien. C'est ainsi quand la mer ne rend pas les corps. Et elle n'avait jamais rendu ceux de Volodia et de la nomade nénètse dont il était tombé amoureux à l'infirmerie de Salekhard. La petite fille qu'ils avaient eue était devenue immobile et quelque chose avait gelé en elle qu'on n'arrivait pas à ranimer, sauf Dimitri parfois quand il l'emmenait avec lui marcher au cœur de l'hiver.

Maintenant je vais briser la coque et je ne sais pas ce qu'il adviendra.

Il est arrivé chez lui au milieu de la nuit. Le moment est venu de cette conversation qu'il redoute. Il s'est délacé d'elle doucement et s'est installé debout près de la fenêtre. Ce n'est pas son endroit habituel. Elle le regarde se placer là et elle comprend que son pressentiment était juste, qu'il va dire enfin ce qu'il lui cache depuis des semaines. Elle en éprouve surtout du soulagement. Elle a aussi un élan de tendresse en voyant qu'en cet instant difficile il s'est réfugié près de l'arbre.

Il commence à parler. Il n'explique pas, ne justifie pas, il dit seulement les faits et comment ils se sont enchaînés. Rien n'a changé. Ça se passe toujours de la même façon depuis la toute première fois. Depuis le jour où un officier en civil s'est approché de Youri sur le tarmac, a posé la main sur son épaule et lui a demandé si ça lui dirait, à lui, d'aller plus haut. Ni candidatures, ni volontaires, c'est à l'Ouest qu'ils ont cette étrange procédure et l'idée qu'un homme pourrait choisir son destin. Chez nous, on est choisi. Ainsi un homme est venu à la Base et lui a tapoté l'épaule, et dans d'autres bases à travers le pays d'autres hommes tapotaient l'épaule d'autres pilotes, et tous comprenaient qu'on leur proposait à eux aussi d'aller plus haut, et que la Cité des Étoiles avait lancé le recrutement des prochains vols sur Mir. Ils étaient deux cents au départ réunis pour passer les tests, dont seize seulement seraient sélectionnés. Et il avait réussi. Il avait vomi toutes ses tripes, senti sa tête broyée dans un étau et son cœur éclater sous la pression, mais il avait réussi. Il ne retournerait plus à la Base. À la fin de la semaine, il irait à la Cité des Étoiles pour un an d'instruction. Puis il partirait sur Mir, pour un vol de six mois.

Il s'animait. Il n'avait pas oublié Léna, mais pris dans l'attraction il s'en éloignait progressivement. Il parlait de ce départ de façon naturelle, avec ce décalage qu'ont les gens totalement plongés dans un domaine qui finissent par oublier qu'il n'est pas familier aux autres. Pendant deux mois dans ce camp d'entraînement les discussions n'avaient porté que sur ce sujet. Ensuite il avait été reçu officiellement par le général Badietsev, et c'était devenu tout à fait réel. Il avait passé quelques jours à la Cité des Étoiles où il avait déjà sa chambre prête, il avait visité les installations, il avait déjeuné à la cantine. À table, la moitié des hommes étaient déjà allés là-bas et l'autre moitié s'apprêtaient à y partir. Aller dans l'espace, en revenir, y retourner, c'était leur conversation ordinaire. Il s'était senti bien parmi eux.

Il revint vers Léna. La Cité était organisée comme une petite ville, avec une école, des magasins, un cinéma. Les femmes des cosmonautes pouvaient s'y installer avec leurs enfants. Il savait bien que cette solution n'était pas envisageable pour elle. Il n'avait pas cru bon d'expliquer au général qu'elle était trop difficile à déplacer, à cause de la fenêtre et de l'arbre dans la cour. Ni qu'il ignorait si elle allait survivre à son choix et ce départ, mais qu'elle ne le pourrait certainement pas si on la privait de l'arbre.

Il avait préféré invoquer son travail au combinat qui la retenait ici. Sa femme ne pouvant le suivre, il bénéficierait de quatre jours de congé à la fin de chaque mois. Il n'aurait plus désormais ces longues absences entrecoupées de permissions imprévisibles. Il reviendrait régulièrement durant tout le temps de l'instruction.

Puis il irait là-bas. Sur Mir. Pour six mois.

Léna n'a rien dit. Elle n'a pas bougé. Elle est restée immobile le temps qu'il a parlé, assise dans le lit les mains posées sur les genoux. Elle reste longtemps ainsi. Vassia se tait, il la laisse. Les mots pénètrent très lentement en elle. Elle a besoin de ce temps.

Elle regarde s'approcher les mots qui vont bouleverser l'ordre paisible dans lequel elle avait trouvé un abri. Elle tend les mains, elle voudrait les empêcher, les retenir, mais il est trop tard. Ils sont là. Ce sont eux qui vont régenter sa vie désormais. Elle ne les aime pas. La plupart sont laids et dissonants, trop gonflés, comme cosmonaute et aérospatiale. Sauf un : Mir. Celui-là lui plaît à cause de son i très long qui le rend souple et chantant, comme un ruban qui flotte au vent.

Elle ne sait pas ce qu'elle éprouve. Elle sait juste que c'est fini. Elle sait qu'il aura des absences prévisibles, des retours prévisibles, et comment il prononce

« là-bas ». Tout ce qui était eux est fini. Il y a peut-être une autre façon d'exister, très différente, qu'il faudrait construire entièrement si l'on en trouvait la force et le courage. Peut-être. C'est une question confuse pour plus tard. Pour l'instant elle cherche. Quelque chose émerge lentement de ce brouillard de pensées. Elle voudrait comprendre. C'est nouveau pour elle. Jusqu'ici elle a aimé Vassia comme un bloc, comme une donnée, sûrement pas comme un problème à résoudre. Elle a même refusé ardemment de s'intéresser à certains pans de sa vie. Eh bien ils se vengent. Ils se sont emparés de ce qu'elle avait bâti. Elle a toujours trouvé étrange la manie des hommes d'analyser les phénomènes qu'ils subissent, d'en démonter les causes et les mécanismes. Maintenant elle fait connaissance avec ce besoin d'expliquer les catastrophes pour en amortir la portée. Elle a reposé le dos de ses mains sur le drap, paumes ouvertes, elle les regarde puis regarde Vassia, alternativement, et elle demande seulement :

– Pourquoi ?

Elle répète le même mot plusieurs fois, d'abord comme une curiosité étonnée, puis comme une plainte, et une révolte.

– Vassia… Pourquoi ? Pourquoi ? POUR QUOI ?

Elle ne dira pas grand-chose d'autre de toute la nuit, ni dans les mois qui vont suivre. Ce qu'ils ont à vivre maintenant va être placé sous le signe de cette interrogation récurrente. C'est cela sa réaction. Elle demande seulement pourquoi les hommes veulent aller plus loin. Quelle est cette fin qui leur fait quitter leurs maisons et leurs familles. Elle demande ce qu'il va chercher là-bas qui a plus de prix que tout, qu'elle ne peut pas lui donner.

Dans l'année suivante il va devoir ingurgiter des tonnes de connaissances, apprendre des manœuvres délicates d'arrimage et de désarrimage, s'entraîner à des réparations périlleuses en apesanteur. Elles lui paraîtront par moments moins difficiles que la question de Léna, mais il essayera de lui répondre, avec la même application que pour son travail à la Cité.

Si l'on y regarde bien il y a une part de vérité dans toute réponse officielle, même la plus conventionnelle et la plus plaquée, et il n'a pas menti au général Badietsev. Il savait que Léna ferait son devoir comme toute citoyenne soviétique et qu'elle se plierait à sa décision, supportant courageusement l'angoisse et ses six mois d'absence. Elle aurait pu le faire en se fermant définitivement, assise sur sa chaise avec sur le visage ce masque de douleur interne, qui ne l'aurait plus quittée cette fois. Mais elle a posé cette question et retourné ses mains, paumes grand ouvertes vers l'extérieur. Il sent qu'elle ne va pas rester à l'écart, s'efforçant seulement de maintenir la réalité le plus éloignée possible d'elle comme auparavant. Elle va entrer dedans, elle va se lever et ouvrir la porte à ce monde des désirs qui emmène les hommes plus loin, et qui jusqu'ici lui était étranger. Elle a déjà commencé. Il le craint pour elle parce que derrière la porte il y a le chaos de ses propres espoirs et de ses propres douleurs, qu'elle avait cru conjurer. Mais il sait maintenant qu'elle va l'accompagner.

Arkadovnié, 12 juin 88

Varia, Mitia, mes tendres et chers vieux,
mes seuls recours,

Vassia est là depuis trois jours, mais ce n'est pas une lettre de son arrivée. Il repartira d'ici autant, et ce n'est pas une lettre de son départ. Je ne sais pas ce que c'est. Une lettre de milieu ça n'a pas de sens.

Il n'y aura plus de lettre de départ ni de lettre de retour. Il n'y aura plus de rythme, plus de repères, plus rien de ce qui était familier. Il n'y aura plus ces calmes habitudes, au sein desquelles on peut vivre en quiétude.

Elle est tombée sur moi la menace que je sentais rôder. Oh tu avais raison ma Varia, ce n'est pas une femme, non, ce n'est pas son genre. C'est bien pire. C'est l'ailleurs qui me l'a pris.

Mais pourquoi ? Pour quoi ? Que va-t-il chercher là-haut qu'il n'y a pas ici ?

Je savais bien qu'il voulait la lune, mais je croyais pouvoir l'être pour lui puisqu'il l'était pour moi. Je la connais aussi la ligne d'horizon, je l'ai aimée autant que lui. Je l'ai contemplée des jours durant quand je marchais avec Mitia et que la terre s'étendait si loin devant nous qu'on en voyait la courbure à l'infini. Je l'ai vue toute petite quand ma mère me prenait sur son dos et m'emmenait chez elle suivre la transhumance. Je m'en souviens maintenant. Je m'agrippais à son capuchon et je l'apercevais par-dessus son épaule. Mais je n'ai jamais voulu l'attraper ni la posséder ! Il me suffit qu'elle existe.

Que vais-je dire à Macha et aux autres ? Que je suis jalouse de l'univers ? Qu'il me trompe avec les étoiles ?

Je vais tout perdre. J'ai déjà perdu la paix. Il y a en moi des sentiments que j'ignorais auparavant et que je hais. La colère par exemple, c'est une sensation affreuse, c'est noir et tordu avec des pointes qui dépassent et cela enlaidit tout. L'angoisse. L'angoisse est terrible parce qu'elle fait bouger. On se lève, on marche en rond dans la pièce mû par un besoin sans objet qui ne peut être assouvi. Il n'y a plus d'immobilité possible avec elle. C'est un aiguillon en soi, comme celui que la vengeance d'Héra avait placé dans la pauvre Io, privée à jamais de repos.

De quoi ai-je si peur ?

Pardonnez-moi, ce que j'écris est décousu et incompréhensible. Je n'explique rien. C'est tout simple pourtant. Il a été sélectionné par la Cité des Étoiles. Il va y accomplir l'année de formation des cosmonautes avant de partir plusieurs mois sur Mir.

Pourquoi cette nouvelle qui remplirait de joie et de fierté n'importe quelle femme russe est-elle pour moi un drame ?

Notre vie était douce et monotone. Je croyais que le temps s'était arrêté et que le malheur ne me distinguait plus. Je ne voulais rien savoir de sa vie en dehors de moi. Quand j'ai lu le Livre avec Mitia, j'ai compris que le fruit qu'avaient mangé Adam et Ève venait de l'arbre de la Connaissance. Oh j'ai bien retenu. Alors j'ai choisi l'ignorance et je pensais que moi, protégée par elle, je pourrais rester toujours dans le jardin d'Éden.

Quel paradis ai-je perdu ?

Il y aura des dates ! Il y en aura tout au long de cette année d'instruction. Il aura des permissions millimétrées, il reviendra le dernier jeudi de chaque mois aussi régulièrement que le balancier d'une horloge. Mais cette horloge sonnera comme un glas.

C'en sera fini de ce vague mystère sur son retour qui transformait l'attente en une croyance. Quelle religion repose sur des certitudes, laquelle offre autre chose qu'une espérance à ses fidèles ? Oui, quand je l'ai épousé je suis entrée en attente comme en prière. Et je ne savais rien faire d'autre. Vous me l'avez assez reproché. Oui, je tendais un fil entre le souvenir de ce qui a été et la foi en ce qui va advenir, et sur ce fil ténu je marchais les yeux fermés sans peur de l'abîme en dessous, parce que son regard me portait. Maintenant je tombe.

Après il partira et il y aura des images. Il y en aura chaque jour sur la chaîne qui termine son édition par le « Bonsoir à nos cosmonautes ». Ce sera bien pire que pendant le meeting aérien à Moscou. Il suffira de presser un bouton. Je le verrai dans la cabine attraper un tournevis qui flotte devant lui, sourire à la caméra et agiter la main.

Et moi je resterai sur la terre. J'irai tous les jours au combinat, je mettrai mon tablier bleu. Les collègues me féliciteront et je sentirai leur jalousie me traverser comme une brûlure. On m'enviera, moi qui n'ai jamais suscité l'envie de personne, à part la petite Anioucha qui veut épouser Vassia quand elle sera grande.

Il ne reviendra pas. Oh physiquement si, bien sûr. Ils sont tous rentrés à part Komarov et l'équipage de Dobrovolsky. Nous avons perdu quatre hommes en trente ans de conquête spatiale, c'est beaucoup moins que dans les vols d'essai ou même dans l'aviation civile. J'en suis consciente. Ce n'est pas ce danger-là que je crains.

Mais je sais comment ils reviennent. Je sais comment ils sont après, cet air absent, les yeux vides qu'ils ont. Ils ont vu ce qu'on n'a pas le droit de voir et plus rien ne peut ranimer leur regard. Oh j'imagine comme elle est belle de là-haut, comme elle est bleue ! C'est pour cela qu'ils partent, n'est-ce pas ?

Mais c'est défendu. L'homme est enchaîné à notre Mère la Terre humide, comme nous l'appelons en russe. Elle le serre, elle le tient plaqué contre elle par une force invisible. Celui qui s'en arrache pour aller contempler sa beauté nue est un banni. Il reviendra de ce voyage avec des yeux éteints, brûlés par les couleurs qui n'existent que là-haut et les seize couchers de soleil par jour. Il errera parmi nous habité de visions inaccessibles, avec un cœur mort que la nostalgie a empoisonné pour toujours. C'est ainsi que la Terre punit ceux qui échappent à son étreinte.

On ne revient pas de là-bas. On me rendra une enveloppe vide. On me rendra une ombre.

Que vais-je devenir ?

Considérez que je suis folle si vous voulez. Mais ne vous fâchez pas. J'ai tant besoin de vous. Tout s'en va, tout me quitte, tout part en lambeaux emportés par un ailleurs vide et froid où il n'y a rien. Ayez pitié de moi. Je vous aime.

Léna

Pourtant dans la cuisine le soir, il fait toujours bon. Le camarade lieutenant est assis, les enfants se sont agglutinés autour de lui. Macha auprès de la cuisinière cuit des champignons et une vague odeur de fumet, de terre et de sous-bois flotte dans la pièce.

Il y a du nouveau chez les Volianov. Ce n'est pas bien clair, mais enfin il y a du nouveau. On l'a changé encore de poste, une nouvelle mission qu'il n'a pas voulu expliquer en détail. Dans son domaine la discrétion est de mise. On le lui a répété à la Cité avec toute l'emphase nécessaire, nos cosmonautes et la formation dont ils bénéficient sont notre bien le plus précieux ; l'URSS possède dans le domaine spatial une avance dont l'étranger est à l'affût : pas de publicité, pas de bavardages. Il est donc resté flou sur cette mutation et personne ne s'en formalise. On s'intéresse surtout à son nouveau rythme de permissions, qui va bien améliorer son existence. C'est vrai, ce n'était pas une vie pour lui de ne jamais savoir quand il rentrerait et pour combien de temps.

Puis il a changé de sujet. Il a annoncé aux enfants une nouvelle histoire. Une histoire de quoi ? Il n'a pas voulu dire. Il en racontera un petit peu chaque fois, puisque dans son nouveau travail il aura des congés réguliers. Et de cette façon on peut raconter mieux. Ce sera une très longue histoire. Il y aura des rebondissements, des péripéties, beaucoup de personnages. Ce ne sera pas le genre de récit qu'on peut dire en une fois. Pour connaître la suite il faudra attendre son retour, alors on l'attendra avec plus d'impatience encore et ça, c'est bien agréable quand on revient chez soi.

Il commencera demain.

Macha a fini de ranger la vaisselle et couché Boris. Sur le pas de la porte, elle s'attarde à parler un peu avec la tante d'Anioucha. On commente les nouvelles. Pour Léna c'est quand même mieux. Elle ne va plus passer sa vie à l'attendre, il reviendra régulièrement. Oui, mais ce n'est pas sûr qu'elle s'y fasse. Elle aimait bien quand son retour était une surprise. Le vieux Fédor qui traîne dans le coin en bougonnant n'a pas d'opinion sur la question. Il ne perd pas son temps à discourir comme font les bonnes femmes, il regarde lui, il observe, et il y en a des choses à observer que les bavardes ne remarquent pas. À titre d'exemple, il leur signale que Troufionnette vient de franchir avec succès les lignes ennemies.

Anietchka s'est glissée tout doucement entre les jambes des deux femmes pour aller rejoindre Boris dans son lit. Elle a des choses très importantes à discuter avec lui. Boris il va déjà à l'école, il sait beaucoup de choses. Il connaît un nombre incroyable de modèles d'avions, il en fait en papier qui arrivent à voler jusqu'au bout du couloir. En cas de nouvelle histoire, la personne à consulter c'est lui. Les yeux fixés au plafond, elle chuchote dans le noir :

– Dis, tu crois qu'il y aura quoi dans l'histoire, toi ? Des héros ?

– Ben évidemment, bécasse ! Des histoires sans héros ça existe, mais c'est pas pour raconter.

– Et des avions ? Y en aura des avions ?

– Ça, je suis pas sûr. La façon qu'il a annoncé ça, j'ai compris plutôt une histoire de l'ancien temps.

– Avec des chevaliers, tu veux dire ?

– C'est ça ! répond-il, enthousiaste. Avec des chevaliers ! Le prince de Kiev qui part en campagne avec toute sa droujina de boyards ! Et quand ils reviennent avec plein de miel et de fourrures, les féroces barbares des steppes les guettent sur le chemin…

– Y aura des combats, alors ?

– Pardi ! Des armures qui s'entrechoquent, des lances brandies, des cavaliers mongols lancés à toute allure sur leurs petits chevaux sans selle…

– Et des morts ? Y aura des morts, tu penses ?

– Tu parles qu'il y en aura. Des morts brutales dans des flots de sang. Et des agonies à la lueur des flammes avec des cris qui n'en finissent pas…

Aniouchka se blottit contre Boris avec un frisson de terreur.

Le lendemain soir la cuisine est pleine à craquer. Tous les enfants sont là, impatients, installés depuis longtemps aux meilleures places pour écouter. Léna, discrète et immobile, est debout dans l'encadrement de la porte. Vassia boit son thé à petites gorgées. Il réfléchit. Il ne sait pas à quel moment faire commencer l'histoire. La plupart des conteurs la débutent au moment de la naissance du héros mais il y a tous ceux qui ont préparé le chemin, qu'on n'a pas le droit d'omettre. À Tsiolkovski alors ?

Il coupe de petits morceaux de sucre, il en prend un avant chaque gorgée. Il aime boire son thé de cette façon. Et ainsi buvant, il réfléchit toujours. Aniouchka n'en peut plus, discrètement elle subtilise le sucrier et le passe à Boris sous la table pour faire accélérer l'affaire. Vassia n'a rien remarqué. L'histoire a commencé il y a très longtemps. Oui voilà, il sait maintenant. Il est prêt, il éclaircit sa voix :

– L'histoire commence il y a quatre millions d'années en Afrique orientale, à l'est de la vallée du Rift. Dans cette région vivent de grands singes astucieux et combatifs qui sont les ancêtres de nos chimpanzés. Ils peuplent le couvert des arbres dans l'épaisse forêt tropicale humide. Ils se nourrissent de fruits, de bourgeons et de jeunes feuilles, qu'ils y trouvent en abondance. La vie est tranquille. Il n'y a pas d'horizon à leur habitat, la vue se limite à un inextricable fouillis de lianes et de branchages. Accrochés à leurs longs membres, ils promènent dolemment leur arrière-train de branche en branche.

Mais le monde a changé. Le peuple des singes ne sait pas quand ni comment est survenue la grande catastrophe, lorsque les entrailles de la terre ont bougé et que la vallée du Rift s'est soulevée en une haute muraille surplombant un gouffre profond. C'était là-bas à l'ouest, il y a longtemps. Depuis, les vents se heurtent à la muraille et ne soufflent plus comme avant. Ils ont emmené avec eux les pluies, qui arrosaient autrefois tout au long de l'année la végétation profuse. Les pluies sont devenues rares. Les arbres se sont desséchés, puis ils sont morts. Cela a pris des générations mais petit à petit, de père en fils, la forêt a disparu. À la place a progressé une savane sans fruits, sans nourriture, facile à parcourir pour les fauves qui s'approchent silencieusement, pauvre en arbres où se réfugier.

Le grand singe est menacé, il lui faut s'adapter ou périr. Pour survivre il abandonne les feuilles, il attrape de petits animaux dont il consomme la chair. Mais les hautes herbes lui cachent les proies comme elles lui masquent les dangers. Il faudrait les voir de loin, il faudrait les dominer, il faudrait… L'idée germe en lui : il faudrait se redresser. Il essaye mais c'est difficile. Sa colonne vertébrale n'est pas dans l'axe de la tête, ses bras démesurés le gênent. Pourtant ils essayent tous. Et un jour l'un d'eux réussit. C'est un jeune singe hardi et obstiné. Il a recommencé, encore et encore, persévéré jusqu'à tenir enfin debout. Et il n'en croit pas ses yeux. L'espace ! Un fabuleux espace s'étend devant lui. Au-delà des grandes herbes qui jusqu'ici fermaient sa vue, la savane n'a pas de fin. Au-delà s'étend une steppe immense où avancer plus loin, toujours plus loin. Car il s'en fait serment, il entraînera son peuple à sa suite à travers cette étendue. Il la parcourra, il ne s'arrêtera que quand il n'y aura plus rien devant.

Vassia fait une pause. La langue se tarit vite sans boisson. On s'active, on lui fait passer l'eau chaude et on cherche le sucrier. Du côté des enfants, c'est un autre scénario. Anioucha se tourne vers Boris avec un visage déconfit. Elle fait de gros efforts pour ne pas pleurer, mais sa déception est immense : elle est pas bien l'histoire. Boris voudrait la consoler, seulement faut reconnaître que l'histoire n'est pas terrible.

– Attends, lui dit-il. Ça vient de commencer, ça sera peut-être mieux après.

– Tu parles ! Des histoires de chimpanzés, c'est nul !

– Mais attends, je te dis. C'est juste le début.

– Ah oui ? Et y en aura comment, des héros et des combats en armure, dans une histoire de chimpanzés, s'il te plaît ?

– Il a dit une très longue histoire, alors ça va peut-être changer, faut voir...

– C'est ça, dit-elle en tapant du pied. Et en plus ça va être très long ! Ça va être que des histoires d'animaux, il va nous faire toutes les espèces !

Mais Vassia réclame le silence.

– L'histoire commence chaque fois qu'un petit d'homme atteint l'âge de neuf mois et se souvient de ses ancêtres de la vallée du Rift. Jusqu'ici il s'est traîné à quatre pattes. Il connaissait bien son environnement. Les pieds de la table, le bas rembourré du canapé, les chaussures de ses parents. L'univers est fait d'une chose uniforme et assez douce qui s'appelle moquette. Il n'y a rien au-delà. Cependant dans ce début de son dixième mois, il tente une expérience. L'idée lui vient de prendre appui sur un objet à sa portée, la table basse par exemple, et il se risque. Il se dresse sur ses deux pattes arrière. Une fois, il chute, deux fois, trois fois, dix fois… il y arrive. C'est incroyable ! Il y a un monde au-delà de la moquette. Il y a des jambes au-dessus des chaussures ! Il n'a plus qu'une idée en tête : explorer, aller voir. Il doit bien y avoir un moyen. Une fois debout, si l'on arrive à tenir sur une patte, pourrait-on en profiter pour avancer l'autre ? Parvenu vers l'âge d'un an, après de multiples tentatives et de nombreuses bosses, enfin il réussit. Une patte, puis l'autre, puis l'autre encore… il marche ! Et c'est une féerie. Il y avait au-delà bien plus qu'il n'aurait jamais imaginé. L'espace ! Un incroyable espace s'ouvre devant lui. Il est devenu un conquérant. Il ne retournera plus jamais à l'état rampant. Il ira plus loin, toujours plus loin, étreint par la même passion qui saisit un grand singe il y a très longtemps. Il quittera ses parents, mû par une force vieille de quatre millions d'années. Puis un jour, ayant fait le tour de toute la terre, ayant parcouru toute l'étendue devant lui, il songera qu'il y a toujours quelque chose par-delà pour celui qui ose se dresser sur ses pattes arrière. Alors il lèvera les yeux vers le ciel et commencera notre histoire.

Vassia s'est tu. Un silence gêné flotte dans la pièce. Aniouchenka a la mine si dépitée que Léna ébauche un sourire, malgré la compassion qu'elle éprouve pour sa déconvenue. Boris est plongé dans ses pensées. Brutalement, il saute de sa chaise avec des cris de victoire :

– Hourrah ! hurle-t-il. Hourrah, j'ai compris ! Je sais ce qu'il raconte ! J'ai trouvé !

Il a attrapé la petite Ania par les deux mains et il la fait sauter, tourner, et danser la sarabande autour de lui.

– Aniouchenka, il y aura des avions ! Et même encore mieux que des avions, tout ce que tu aimes ! J'ai compris, je sais ce qu'il raconte ! C'est LA CONQUÊTE DE L'ESPACE !

La nuit venue, Léna lui demande :

– Pourquoi as-tu décidé de raconter cette histoire ?

– Parce que je ne sais pas te répondre. Je ne sais pas pourquoi les hommes veulent aller plus loin. Mais ils l'ont toujours fait, ils ont toujours marché droit devant eux. Ils se sont heurtés à des déserts, puis à des montagnes, et ils les ont franchis. Ils sont arrivés à la mer et cet obstacle leur a pris des siècles. Mais ils ont appris à construire des bateaux et ils sont partis sur la mer au milieu des tempêtes, droit devant vers l'inconnu. Vers l'inconnu terrifiant toujours. Chaque étape de leur progression était jonchée de cadavres et pourtant ils ont continué jusqu'à couvrir la surface de la terre, et maintenant la terre ne leur suffit plus. Ils sont ensorcelés par les lointains. C'est une force en eux, sans doute semblable à celle qui habite les oies sauvages au printemps. L'étendue les attire, elle les appelle. Et ils se mettent en marche.

– Ce n'est pas vrai ! protesta Léna. Ils n'entendent pas tous l'appel de la même façon. Les plus nombreux sont des gens paisibles qui voudraient bien s'installer quelque part, souffler un peu et profiter du paysage. Je les connais, j'en fais partie. Ils aiment à vivre sous le couvert des arbres. Ils aiment que le même tableau modeste et familier s'offre chaque jour à leur regard, que ce soit un enchevêtrement de lianes ou un arbre dans une cour. Ils ne désirent rien d'autre. Mais à l'avant il y a un petit groupe de pionniers qui les taraude. Ceux-là sont hardis et obstinés comme tu dis, ils ont sur le visage cette dureté que tu as depuis quelque temps. La mort leur est bien égale, seule la marche compte. Mais ce n'est pas leur vie seulement qu'ils sacrifieront. Ils iront de l'un à l'autre, harcelant le troupeau tranquille de l'arrière jusqu'à ce qu'il se lève et marche à leur suite. Qu'est-ce qui les anime, eux ? Pourquoi s'en croient-ils le droit ?

Elle a changé déjà. Elle bouge maintenant. Il la voit arpenter la pièce avec à l'intérieur d'elle le même mouvement, la même agitation désordonnée. Elle réclame des comptes. Elle lui demande âprement pour quelle chimère il a décidé de bouleverser sa vie.

Mais il ne la sacrifierait pas à une chimère. Cette aventure ne ressemble à rien de ce qui a existé auparavant. Christophe Colomb avec ses trois caravelles savait au moins que la planète était ronde et qu'il trouverait quelque chose de l'autre côté en en faisant le tour. Il savait aussi ce qu'il aurait à affronter : des tempêtes sûrement, des monstres marins, de redoutables sauvages à l'arrivée sans doute. Il en avait lu des descriptions et vu des enluminures. Même si l'entreprise s'annonçait périlleuse, ce n'était pas l'inconnu radical.

Mais quitter la terre ! Le plus extraordinaire n'est pas qu'un projet aussi fou ait pu naître dans la tête des humains, c'est qu'ils l'aient réalisé. L'un d'eux s'est élancé un jour vers le vide glacé. Puis un autre à sa suite. Tous des Russes.

– L'espace est du domaine du mystère, Léna. Pour l'approcher, c'est un peuple de rêveurs et de fous comme le nôtre qu'il fallait. Nous avons rempli le récit de noms secrets et de personnages fantastiques, nous en avons fait une légende. Et si on me propose de déposer un tout petit mot sur l'une des pages, tu crois que je pourrais refuser ? Nous appartenons à cette histoire, c'est elle qui nous choisit. Écoute-la si tu cherches des réponses.

Les discussions sont allées bon train dans la cuisine. L'entrée en matière était assez alambiquée. Mais la conquête de l'espace, a dit Macha, on l'a apprise à l'école. Elle fait partie de notre culture, ce n'est pas un récit qu'on voudrait manquer. Du coup quand il éclaircit sa voix le jour suivant, tout l'auditoire est revenu pour entendre la suite :

– En ces temps-là, le monde était facile à comprendre. Car il était séparé en deux et sur lui régnait la guerre froide.

Deux géants s'affrontent pour la domination de toute la terre. Raidis d'orgueil et de puissance, ils se toisent d'une extrémité à l'autre du globe et se jettent des imprécations à travers les océans qui les séparent.

Tout les oppose. Le premier est jeune, vigoureux et bien bâti, il respire la prospérité et la santé. Il a nom Amérique. Il possède cette solide confiance en soi que confère une enfance choyée et protégée. Le jour de sa naissance, toutes les fées disponibles furent diligentées auprès de son berceau pour le doter. Elles étaient envoyées par Europe, une vieille dame fort digne, qui considérait ce nouveau-né comme un parent. Un parent lointain et mésallié à vrai dire, un descendant de ses cuisinières et de ses valets de chambre qu'il convenait de traiter avec la nuance adéquate de condescendance. Mais un parent tout de même et la famille c'est la famille, avec les devoirs que cela implique. Grâce à son soutien, Amérique trouva la puissance et la richesse en germe dans son berceau. L'une après l'autre les fées se penchèrent au-dessus du jeune géant et le comblèrent de bienfaits. Il reçut un vaste pays, une terre florissante facile à cultiver, un climat bienveillant. Et il sut l'exploiter.

L'autre géant est bien différent. Un physique plutôt trapu, un caractère rogue et emporté que n'améliore pas un fort penchant pour la boisson… Et pour l'apparence, rien d'attirant. Car de surcroît il est affreusement pauvre, fagoté de guenilles superposées et chaussé de vilains godillots de paille tressée ou de feutre. On l'appelle Russie. Il eut la malchance de naître dans une contrée sauvage, que même les fées ne sauraient gagner facilement. Il se fraya un chemin tout seul hors du ventre de sa mère et atterrit dans une isba pouilleuse. Personne n'était venu l'accueillir. Il lui échut une terre immense mais misérable, aride et nue, un climat désastreux pétrifiant les récoltes les trois quarts de l'année.

La désolation régnait autour de son berceau. Ne sachant à quoi d'autre se vouer, on fit appel aux innombrables esprits malins qui dans cette région peuplent les lacs, les rivières et les forêts. On convoqua la kikimora, les léchis, les vodianoïs : « Nous savons bien, leur dit-on, que votre spécialité est plutôt du côté des maléfices. Mais notre situation est désespérée. En unissant tous vos pouvoirs, ne pourriez-vous faire quelque chose pour le nouveau-né qui gît ci-contre et que la nature a si chichement doté ? » Il y eut grande réunion de lutins, et longue palabre. « Nous ne sommes pas compétents, dirent-ils finalement. Nous n'avons pas le pouvoir d'améliorer ton sort. Mais nous pouvons te procurer la force de le supporter : nous te donnons le courage et l'endurance. Si tu sais en faire usage, tu seras indestructible. Car c'est dans les épreuves que tu donneras le meilleur de toi-même. »

Nos géants grandirent tous deux, en vigueur sinon en sagesse. Ils entrèrent dans l'âge adulte et ne tardèrent pas à s'affronter. Leur rivalité faisait frémir. Ils avaient inventé un nouveau nom pour la médisance, ils l'appelaient propagande et racontaient l'un sur l'autre les plus invraisemblables absurdités. À plusieurs reprises ils furent si près de se jeter l'un contre l'autre que le monde trembla. Il fallait à tout prix canaliser l'énergie de ces deux vauriens qui prenaient la planète pour l'arène de leur duel et menaçaient de la ravager en totalité. On réfléchit longuement, on consulta les livres d'histoire. Pour les départager on décida finalement de recourir aux règles de la chevalerie établies depuis le Moyen Âge, et de leur lancer un défi. Il faudrait au péril de sa vie approcher ces lieux dénudés et froids, où il n'y a nul être et nulle chose, où règne le néant. Tout d'abord il faudrait les atteindre en y lançant un projectile, de toutes ses forces tant ces lieux sont éloignés. Oui, là-bas, dans les endroits désertiques où il n'y a rien. Celui qui réussirait à conquérir le vide serait le vainqueur.

Et la preuve, objecta-t-on, on ne peut pas planter un drapeau sur le vide, comment donc sera attestée la victoire ? La preuve serait un chant, qui émanerait du projectile lorsqu'il serait parvenu dans la lointaine vacuité, un chant monotone semblable à celui des sirènes, mais que tous devraient pouvoir entendre.

Le défi fut proclamé en 1955 par une cohorte de savants. À partir de l'été 57 et pour plusieurs mois le soleil allait entrer dans une période d'activité maximale. Ce serait un moment fécond pour la recherche, où l'on pourrait recueillir des éléments précieux sur l'interaction entre les variations solaires et notre planète. Il ne se reproduirait pas avant cent quatre-vingt-dix ans. Il fallait impérativement le mettre à profit, multiplier les études scientifiques, redoubler d'efforts et de financements. On décréta cette période *Année géophysique internationale*, et l'on demanda à tous les pays de la préparer en coordonnant leurs travaux dans différentes directions : envois de ballons-sondes, de fusées atmosphériques d'observation, de missions en Antarctique. On parla beaucoup d'un moyen d'étude qui n'avait jamais été à notre portée encore, mais qui apporterait un jour des données entièrement nouvelles sur les conditions géophysiques terrestres : la mise en orbite d'un satellite artificiel. Les scientifiques en rêvaient la nuit. Avec un tel outil, ce seraient des possibilités infinies de découvertes qui s'ouvriraient pour eux. Ils se concertèrent et décidèrent d'appâter les puissants par le moyen d'une gageure : réunis en congrès, ils mirent publiquement au défi les nations les plus avancées de mettre au point avant la fin de l'année géophysique internationale le lancement d'un satellite terrestre.

Immédiatement l'Amérique relève le gant. Eisenhower déclare que les États-Unis ont officiellement démarré un projet de satellite artificiel. Un temps surpris, les Soviétiques ne tardent pas à répondre. Le 16 avril 1955, ils annoncent lors d'une conférence à Copenhague que l'Union soviétique étudie également l'envoi d'un satellite autour de la terre.

Les Américains ont beaucoup d'avance. Ils ne s'en vantent pas mais ils ont chez eux von Braun à qui Hitler avait confié le programme de fusées allemand, et qui a battu le record d'altitude avec sa V-2 dont la population de Londres n'a pas gardé un bon souvenir. En 1945 von Braun était le meilleur spécialiste mondial dans le domaine et il s'est rendu aux États-Unis avec son matériel, le résultat de ses travaux, et ses proches collaborateurs, dont certains sont recherchés par le tribunal de Nuremberg.

En plus du meilleur ingénieur et de son stock de fusées, les Américains ont encore pour eux l'argent, leur efficacité, et cette formidable puissance technologique dont ils ont fait preuve avec le débarquement. Personne ne croit à la possibilité d'une victoire de l'Union soviétique. Les plus virulents haussent les épaules devant ses prétentions. Un satellite, les Russes ! Des paysans crasseux et arriérés encore au stade de la charrue en bois. C'est grotesque. Les plus justes disent que la guerre s'est terminée il y a dix ans seulement, que l'URSS y a laissé plus de vingt millions de morts et qu'elle est loin de s'en être remise. La reconstruction n'est même pas achevée, sa population vit encore dans la misère. Elle n'a tout simplement pas la capacité d'un tel projet.

Or l'URSS a des atouts, mais elle l'ignore, y compris au plus haut niveau. Au début de la guerre Staline a sorti précipitamment des camps les intellectuels qu'il y avait enfermés lors de la grande purge de l'année précédente. Il a réuni tous ceux qui avaient des compétences en aéronautique dans la charachka n° 39, une prison militaire où l'on travaille jour et nuit pour la défense. Il y a là un type du nom de Tupolev, ainsi qu'un jeune ingénieur passionné qui apprendra beaucoup à son contact et deviendra spécialiste des moteurs de fusées. À la fin de la guerre il a tant progressé qu'on décide de lui confier le développement des missiles balistiques. Il y consacre toutes ses forces et s'acquitte de sa mission avec efficacité. Son seul défaut, c'est que cet obsédé a trop lu Tsiolkovski. Il envoie régulièrement des mémoires à l'Académie des sciences et au Comité central, dans lesquels il démontre que les fusées n'ont pas seulement vocation militaire mais qu'elles pourraient également lancer un satellite dans l'espace ; il insiste sur le prestige qui pourrait en découler. On a fichu tout ça dans un placard. À l'époque l'URSS vient d'entrer dans l'ère atomique, les fusées n'ont qu'un seul intérêt : porter les bombes. En avril 55 avant la conférence de Copenhague, on cherche fiévreusement les mémoires en question au fond des placards et on convoque l'obsédé.

Vassia a besoin d'une pause. Il boit une longue gorgée de thé avant de reprendre :

– Que faut-il mes enfants dans une belle histoire ? Il faut une morale, n'est-ce pas, il faut une justice pour mettre du baume au cœur des gens et les faire rêver d'un monde différent, où les plus beaux, les plus forts, ne soient pas toujours les vainqueurs ?

Dans notre histoire il y en a une. Car c'est le plus pauvre qui va gagner. C'est la Russie misérable, avec ses villages sans eau courante et ses bottes de feutre dans la neige, qui va remporter le défi.

Le 3 octobre 1957, l'homme sans nom marche seul sur la voie de chemin de fer qui conduit au pas de tir n° 2 de la base de Tyuratam, au sud de Baïkonour. Il précède le train qui porte la R-7, la fusée qu'il a conçue.

La R-7... La Semiorka, la n° 7, la petite 7, on lui donnera plus tard ces multiples surnoms affectueux dont on gratifie chez nous ceux qu'on aime. La Semiorka elle est née coiffée, diront ses adjoints après chaque réussite avec de grands éclats de rire parce que c'est dans la coiffe qu'on loge les satellites. Et c'est vrai qu'elle est née coiffée. On va tirer dans l'avenir près de deux mille Semiorka avec 96,5 % de succès, et les ingénieurs américains eux-mêmes diront d'elle que c'est une des plus belles réalisations techniques de l'histoire de l'humanité.

Ce jour-là, il ne le sait pas. Il ne sait rien. Il a procédé au premier essai de la R-7 le 21 août, il y a quarante-trois jours seulement, un délai totalement déraisonnable. Il ne sait pas si le satellite résistera aux frottements et aux météorites, ni si l'ionosphère laissera passer le signal. On ne sait même pas à l'époque où finit exactement l'atmosphère terrestre. Mais l'Amérique a annoncé la présentation de son satellite pour le 6 décembre, et Khroutchev a décidé d'avancer le lancement du nôtre au 4 octobre.

Alors ce jour-là il marche devant le train qui porte sa fusée, et qui roule très lentement, à l'allure d'un homme au pas.

L'homme sans nom est superstitieux. En 38, son convoi de déportés a raté l'embarquement du bateau qui devait les emmener à Vladivostok. Le bateau a sombré sur un écueil avec tous ses passagers. Il s'arrête, il dépose sur la voie une pièce de deux kopecks puis la ramasse, écrasée et difforme, après le passage du train. Il la remet dans sa poche et la serre fort dans sa main. Son geste va devenir un rite. Il ne l'omettra jamais, et même après sa mort avant chaque lancement on ramassera sur la voie une pièce de deux kopecks écrabouillée et on la serrera dans sa poche. Tous les Russes sont superstitieux.

Il s'approche du pas de tir et regarde sa fusée, énorme, avec dans sa coiffe le projectile qu'elle va lancer de toutes ses forces vers la lointaine vacuité, un satellite de 58 centimètres de diamètre et de 83,6 kilos que le Comité central a nommé Spoutnik. Toute sa vie il a rêvé de cet instant. Il joue là son existence. Et pas seulement au figuré probablement, bien que Staline soit mort depuis quatre ans. Il est le Constructeur en Chef, le responsable du programme de missiles balistiques de l'Union soviétique. Il a déjà connu les camps et même le plus sinistre d'entre eux, la Kolyma. Mais quelle importance au regard de l'enjeu ? Il pense à Tsiolkovski.

On va redresser la fusée doucement. Il faudra ensuite des heures pour emplir les réservoirs. Le lendemain 4 octobre 1957, à 22 h 28, les mâchoires qui enserrent la R-7 se relâchent. Elles retombent lentement, comme une fleur qui s'ouvre en corolle, illuminée par le feu qui jaillit de la fusée libérée. C'est un spectacle magnifique.

La R-7 met 324 secondes à placer son satellite sur orbite. Elle consomme plus de kérosène que prévu. La hauteur orbitale va en être modifiée. Dans la poche, la pièce de deux kopecks passe un mauvais moment. Très peu modifiée en fait. Ça y est, le satellite est en place. Il est arrivé dans ces lieux dénudés et froids, où il n'y a nul être et nulle chose, où règne le néant. On attend. On attend terriblement. À la fin de la première révolution on capte enfin le signal. Bip bip bip bip… Spoutnik chante pour toute la terre ! Et tous peuvent l'entendre ! C'est une explosion de joie incroyable et sauvage dans la base de Tyuratam. L'homme sans nom pleure. Il a gagné. Nous avons remporté le défi.

Les Américains renseignés aussitôt par leur réseau radar sont abasourdis. Le monde entier écoute stupéfait le communiqué de l'agence Tass. Les amateurs qui captent les ondes courtes sont collés à leur poste, leurs voisins, leurs amis les rejoignent pour écouter le signal, les radios de tous les pays le diffusent à chaque passage. Bip bip bip bip. Les gens sortent de chez eux, d'une capitale à l'autre des foules innombrables sont dans la rue, les yeux collés à leurs jumelles pour tenter de l'apercevoir. La Lune a un petit frère ! Elle s'est cachée, comme tous les aînés elle fait la tête. Son frère s'appelle Spoutnik, ça veut dire compagnon. Il est russe, minuscule, en plus il ne sait dire que bip bip.

On se moque de sa mauvaise humeur. « Nos contemporains verront la réalisation des rêves les plus audacieux de l'humanité », disait le communiqué de Tass. Ce jour-là, on y croit tous.

C'est la dernière nuit avant son départ. Il ne reviendra que dans un mois maintenant. Léna s'est assise dans le lit et lui s'est remis debout près de la fenêtre. C'est la disposition de leurs dialogues nocturnes désormais, depuis que cette folie d'aller là-bas s'est emparée de lui et qu'en elle s'est installée celle de savoir.

Elle lui en veut toujours. Est-ce qu'on décide de tout quitter pour la beauté d'une histoire ? Elle est pleine de fureur. C'est une histoire pour les petits garçons, ces graines d'hommes toujours prêts à se battre pour décrocher un mirage, pour être les premiers. Il n'y a qu'à voir Boris quand il l'écoute.

– Les rêves les plus audacieux de l'humanité…, dit-elle enfin. Ils lui ont coûté cher dans le passé. Mais on se tait sur les vies brisées, sur les fantassins anonymes qu'elle a immolés à chacune de ses avancées. Ils n'ont pas leur place dans le récit. Pas plus que je n'en ai dans tes décisions. J'ai toujours cru que l'armée n'était pour toi qu'un moyen de voler. Tu es beaucoup plus militaire que cela en fait. Tu as beau enjoliver, c'est bien une guerre que tu décris. Tu veux y participer, c'est aussi cela qui t'anime, n'est-ce pas ? Pourquoi ?

Vassia n'a pas besoin de chercher, la réponse monte en lui avec une exaspération qui le surprend. Il a attrapé la chaise et il parle violemment, en martelant le dossier du poing :

– Parce que celle-là nous l'avons gagnée ! Oui, c'était une guerre Léna ! La conquête spatiale n'était pas un jouet pour amuser les enfants. C'était un combat sans merci, et en dessous ça en avait effectivement toute la laideur. On ne savait rien au début. On n'avait aucune idée de ce qu'il y aurait à supporter là-haut, alors on a pris de la marge. Oui, on a sacrifié des tas de types dans des expériences inutiles. On a testé la résistance à la pression en montant jusqu'à quatorze fois la pesanteur, on a enfermé des gens un mois en chambre sourde. Certains sont ressortis fous, Bondarenko en est mort. On a fait partir Gagarine après sept essais, dont quatre échecs ! Mais on se contrefichait de la vie de Gagarine. On gagnait. Spoutnik n'a été que le début d'une longue série de victoires. Nous ne leur avons laissé que la Lune. Mais le premier vol humain, le premier vol d'une femme, la première sortie dans l'espace de Leonov, la première station orbitale, c'est nous ! C'est la plus belle conquête de l'histoire de l'humanité, et c'est la nôtre !

Mais tu ne vois donc pas ce qui se passe ? Tu ne comprends pas que Varvara a raison ? Nous avons perdu la guerre froide. L'URSS va s'écrouler. Le monde que nous avons connu va sombrer entièrement. Alors avant le naufrage je vais monter à la passerelle et tirer une des dernières salves d'honneur. C'est ça que je vais faire là-haut.

Il avait prononcé la dernière phrase avec netteté, toute violence maîtrisée. Exactement comme chez Anna quand il avait traversé la pièce pour s'arrêter près d'elle. Le même pas précis. C'est cette femme-là que je veux. C'est ça que je vais faire là-haut. Parce qu'il n'y a plus que cela à faire maintenant, monter sur cette passerelle.

Comment l'URSS pourrait-elle s'écrouler ? Varvara tenait beaucoup de propos singuliers. Jamais Léna n'avait envisagé qu'elle puisse avoir raison. Quand on va travailler en bus chaque matin, dans l'un des États les plus puissants du monde, comment le croire si quelqu'un vous dit qu'il peut s'effondrer du jour au lendemain ? C'est simplement absurde.

Maintenant Vassia à son tour le disait. Alors c'était possible. Et ça changeait tout.

Elle se sentit soudain très proche de lui. Le monde qu'on a connu, dans lequel on a grandi… Il peut disparaître du jour au lendemain s'il s'appuie sur une couche de glace trop mince.

Peut-être que l'Union soviétique reposait sur des fondations trop fragiles pour son poids ? Alors un printemps plus vivace que de coutume pourrait l'abattre. Gorbatchev avait lâché ce printemps sur elle et peu importait qu'on l'appelât glasnost ou perestroïka. On entendait déjà les craquements dans les journaux et les propos des gens dans les autobus. Le moindre réchauffement faisait apparaître des fissures partout. Oui, c'était possible.

Leurs pensées cheminaient côte à côte. Celles de Vassia revenaient vers ces pionniers dont Léna craignait l'ardeur. Ceux qui défrichent à l'avant, avec l'espoir à chaque coup de hache de découvrir un paysage radicalement nouveau. Ouvrir la route, avoir la chance d'être de cette époque, pas de celle de la décomposition qui suit. Lui, il les enviait.

– Imagine-les... On était allé les chercher un peu partout dans les bases d'aviation militaire du pays. Ils étaient vingt, dont douze allaient voler, aligner les premières et les records les uns après les autres. Un concentré de gloire. La Cité n'était pas encore construite et on manquait de place. On les avait mis deux par chambre, Leonov et Gagarine dans la même. Souvent beaucoup plus le soir, pour des conversations exaltées. Jusqu'où irons-nous ? Dans le futur qui s'ouvrait devant eux tout était possible. Ils étaient redevenus comme les premiers bolcheviks. Ils avaient dans leurs mains, dans leur tête, un avenir que l'homme n'avait jamais osé penser. Et ils allaient, eux, le réaliser.

Le bonheur pour toute l'humanité ! Pas moins. C'était inscrit tel quel dans le programme des communistes, c'était la fin qui justifiait tous les moyens. Ils avaient l'outil, ils possédaient une théorie infaillible qui les conduirait jusque-là. Mais ils n'en verraient que le début, parce qu'il faudrait plus d'une génération pour que les damnés de la terre se débarrassent de ce que l'ancien système avait inoculé de mauvais en eux. Plus tard quand la société socialiste serait construite, elle engendrerait un homme nouveau, apuré des scories du capitalisme. Délivré du mal.

Lis les rapports de la NASA, tu verras que l'illusion était partagée. On irait sur des planètes lointaines chercher des métaux inconnus sur terre, on y trouverait des sources d'énergie qui garantiraient la prospérité éternelle, on fabriquerait grâce à l'apesanteur des médicaments aux possibilités infinies. C'est le même rêve ! Et malheureusement le même destin. Le rêve s'est effondré. L'homme nouveau s'est révélé aussi égoïste et haineux que le précédent, on n'a pas trouvé de combustible et on n'a fabriqué aucun médicament dans l'espace. On a fait des recherches laborieuses et des progrès scientifiques modestes.

Mais on a relié les hommes entre eux. On leur a donné des moyens de communication dont ils n'avaient jamais disposé, qui tôt ou tard rendront caduques les frontières entre les pays. Et l'ironie du sort, c'est que cela va précipiter notre perte.

Quand nous coulerons, reprit-il, les gens à l'Ouest se réjouiront. Ils le feront sincèrement. Ils ne penseront pas au prix que nous allons payer cette liberté. Avec la façon de faire qui est la nôtre, on peut imaginer le pire. La faillite de l'État, les salaires qui ne sont plus payés, les vieux et les faibles abandonnés à la misère et mourant par millions. Une catastrophe sans nom inaugurée dans la liesse mondiale.

Ils ne verront pas non plus venir la vague souterraine qui les atteindra ensuite. Quand il faudra vivre dans un monde sans illusions ni idéal où l'homme étant définitivement irrécupérable, la seule lutte à proposer consistera à tenter d'encadrer ses méfaits. Quelle violence nouvelle sortira alors d'un tel vide d'espoir ?

Léna, ne fuis plus les images à l'heure où la nation avant d'aller dormir dit bonsoir à ses cosmonautes. Bientôt je serai parmi eux. Regarde-le dans son habit blanc passer d'un compartiment à l'autre en agitant la main. Regarde-le onduler dans l'air, plus léger qu'une plume. Nous avons réussi : c'est lui l'homme nouveau. Il ne s'est pas délivré de lui-même, seulement de sa pesanteur. Il a quitté la terre, il ne pèse plus rien, et il te souhaite de beaux rêves.

Vassia se tut. Léna pensait qu'elle allait regarder les images désormais.

Elle avait très envie de parler à Mitia. Elle aurait voulu lui demander s'il y a des actes absurdes sans lesquels on ne peut pas vivre. Dans les années soixante lorsqu'il n'y avait aucun espoir de changement et que protester ne servait à rien, il avait protesté. Il risquait beaucoup plus que sa paix. Alors, est-ce qu'une parole peut donner sens à une existence ?

Et quand tout s'écroule, est-ce qu'une image peut suffire à sauver le monde ? Un homme qui flotte dans l'univers dans son costume de papier blanc… Une minuscule part de rêve, une image dérisoire et précieuse dont on peut se souvenir quand on est assis immobile, qui fait dire qu'il y a malgré tout des choses belles et douces. Pour Vassia aussi il ne resterait plus que cela ?

Elle avait très envie d'aller dormir dans le lit de Varvara, en se blottissant contre elle comme autrefois. Quand Vassia serait là-haut, elle irait les voir. On lui donnerait sûrement un congé suffisant, on ne refuse pas cela à l'épouse d'un cosmonaute. Elle prendrait le car, des trains, puis encore un car et le bateau, et après deux jours de voyage elle arriverait enfin à

Ketylin. Elle grimperait la route défoncée dans la voiture du facteur et elle se tiendrait bien droite en poussant la clôture de rondins pour résister à l'émotion qui l'envahirait. Elle s'installerait avec Mitia près de la lampe jaune dont les bords s'écaillent, et ils parleraient longtemps. Varvara hausserait les épaules en les écoutant. Elle ferait des commentaires à sa façon. Elle dirait sûrement que s'il fallait partir dans les étoiles pour supporter ce qui nous attendait, ça allait faire du travail à transporter 150 millions de Russes là-haut. Mitia sourirait et son visage de Moscovite raviné par le Nord se fêlerait d'innombrables plissures. Ça sentirait l'odeur un peu écœurante de soupe aux choux, et il y aurait une brique chaude enveloppée de papier journal au fond du lit qui réchauffe délicieusement les pieds quand on les pose dessus. Ce serait bon. Oui, quand il partirait là-bas en la laissant sur la terre, elle irait à Ketylin.

Vassili revient désormais le dernier jeudi de chaque mois. Il reste quatre jours exactement, et repart dans la nuit du dimanche au lundi.

Au fond, les astres ont des éphémérides et les marées des calendriers. Leurs mouvements sont prévus des années à l'avance et publiés dans de petits carnets minutés. Peut-être que Vassia ressemble beaucoup plus au flux et au reflux maintenant qu'auparavant ? Léna a cherché à se procurer un calendrier des marées, mais c'est difficile quand on habite en Russie centrale à des milliers de kilomètres de toute mer. Elle a fini par en dénicher un très périmé qui servait à caler une table chez un bouquiniste. C'est celui de la mer d'Okhotsk pour l'année 1978. Elle l'a lu en entier, avec attention, et elle a trouvé du soulagement à parcourir cette longue suite de jours et d'heures. Samedi 28 juillet : 0 h 39 – 6 h 17 – 11 h 46 – 17 h 22. Elle le lisait le soir après le travail, à haute voix, assise devant la fenêtre et l'arbre de la cour. C'est ainsi que petit à petit elle a apprivoisé les dates. Elle ne se sent plus menacée par elles. Une fois leur danger éloigné, elle y a même trouvé de la poésie et un refuge. Les chiffres sont des abris. Ils ne sont ni chauds ni doux, mais très solides, rassurants comme une construction indestructible. On peut se calfeutrer dedans aussi.

En son absence, elle ne rentre plus en traversant la ville à pied comme avant. Elle va beaucoup dans les bibliothèques. Elle cherche. Elle lit les témoignages de ceux qui sont revenus méthodiquement, un à un. Elle prend des notes, elle recopie certains passages pour en parler avec Vassia à son retour.

Car il revient et le rituel de ses quatre jours de présence s'est déjà installé. Dans la cuisine le soir après le dîner, arrivent les enfants. Ils se rassemblent avec détermination, dans un remue-ménage de chaises et de vaisselle qu'on déplace, puis ils s'assoient et s'assagissent. Ils ont chacun leur place, Boris près du fourneau, Sonia à sa droite, Valia et Igor en face, et la petite Aniouchka nulle part. Elle va de l'un à l'autre, elle l'attend. Parce que sa place à elle c'est sur ses genoux, alors forcément elle l'attend. Quand il arrive enfin, elle grimpe par le côté gauche du pantalon, elle trouve une prise à l'épaulette, se hisse en se dandinant et s'installe pour écouter l'histoire, les yeux écarquillés et la bouche grande ouverte, si bien qu'aux meilleurs passages elle bave sur les manchettes que Léna aura bien du mal à ravoir. Lui pendant ce temps emplit sa tasse de thé chaud et éclaircit sa voix avant de commencer :

– Que nous faudrait-il, mes enfants, dans une belle histoire ? Il nous faudrait un savant fou, n'est-ce pas, un prophète qui dit l'avenir et que personne ne croit.

Dans notre histoire il y en a un. Il s'appelle Konstantin Edouardovitch Tsiolkovski. Il est né en 1857 le 5 septembre de l'ancien calendrier, cent ans presque jour pour jour avant Spoutnik. Il a absolument tout du professeur Tournesol, jusqu'à la barbiche et au cornet acoustique. Il est resté dur d'oreille après une scarlatine à l'âge de dix ans. Mais il était saugrenu bien avant. Tout petit c'était un rêveur doté d'une imagination débordante, qui racontait des histoires bizarres. Il rêvait de forces physiques et de perdre totalement la sensation de pesanteur. En 1860 ! Il usait les adultes avec ses discours incompréhensibles, il a fini par payer son frère pour écouter ses délires. Trois kopecks la demi-heure, qu'il gagnait en rendant de menus services aux voisins. À cause de sa surdité on lui refuse l'entrée au collège, ce qui fait de lui un autodidacte. Il dévore tous les livres qui lui tombent sous la main du moment que ça parle de sciences. Il achève ses études de cette façon et on le nomme instituteur dans la province reculée de Kalouga, où il n'a accès à aucune bibliothèque.

Tant pis, il va s'en passer et avancer seul. Il commence par refaire des découvertes connues depuis longtemps, puis il innove. En aéronautique, en astronautique, en mathématiques, en physique. C'est un théoricien de génie, il touche à tous les domaines et semble ne pas avoir de limites à ses capacités d'invention. Mais c'est aussi un expérimentateur qui sort de son bureau ses calculs à peine finis pour réaliser dans son atelier le prototype de ce qu'il vient de trouver. Il crée une poussette à énergie éolienne, il met au point une motocyclette avec un type nouveau de carburation, il invente le traîneau à voiles et s'en fabrique un pour le plaisir de se promener l'hiver sur les rivières gelées. Les moujiks lâchent des bordées d'injures au passage de cet équipage du diable qui avance sans chevaux. Son jardin est un capharnaüm où s'entasse tout un bric-à-brac de matériel et il est considéré unanimement à Kalouga comme un farfelu, un bricoleur passablement sonné.

Mais son dada, c'est l'aérien. Vivre dans les airs l'obsède depuis toujours. Bientôt il se consacre exclusivement à ce domaine avec des inventions dont l'envergure va dépasser les possibilités de son maigre salaire et l'intelligence de ses contemporains.

Il soumet à la Société impériale des ingénieurs un important mémoire sur l'aérodynamique des planeurs. Sans réponse. Il conçoit un dirigeable entièrement nouveau, à volume modulable avec un revêtement de feuilles métalliques et un système de chauffage du gaz en vol. Il ne trouve aucun créancier qui s'y intéresse.

Il met au point un « planeur en métal », comme il l'appelle, qui a la particularité de pouvoir voler sans dépendre du vent grâce à deux hélices à sa tête et des moteurs à essence latéraux. Il en fabrique un de 70 centimètres d'empennage dont les essais ravissent les enfants alentour. Mais il ne trouve aucun financement pour le réaliser dans de plus grandes dimensions. L'avion sera inventé ailleurs plusieurs années plus tard, sans qu'on l'ait cru, sans qu'on l'ait lu.

Mais il est déjà parti beaucoup plus loin. Depuis l'enfance il est habité par l'idée de s'arracher à la terre, de communiquer avec l'espace universel. Désormais il s'attaque au cosmos.

Il est convaincu que sur le plan théorique il n'y a pas d'objection : le principe newtonien de l'action et de la réaction s'applique, la fusée spatiale à réaction est donc possible. Il suffit de résoudre les problèmes de la trajectoire et de la propulsion. Il se met au travail.

Il écrit la loi fondamentale du rapport de masse et en déduit le principe des étages successifs de combustion, sur lequel toutes les fusées dans l'avenir seront basées. Il calcule la vitesse nécessaire pour obtenir un mouvement de rotation autour de la terre et trouve 8 000 verstes par seconde : ce sera exactement celle de Vostok quand il placera Gagarine en orbite. Il étudie les comburants et conclut que seul un mélange d'hydrogène et d'oxygène liquides peut permettre de se libérer de l'attraction terrestre : il vient d'inventer les propergols liquides qui propulseront la R-7, Ariane et la navette.

Il reste cependant un expérimentateur chaque fois que c'est possible. Si son jardin est un souk, il ne fait pas bon non plus appartenir à la basse-cour de Tsiolkovski. Il teste sur ses poules la résistance à la poussée ascensionnelle et elles s'en remettent difficilement.

En 1903 il scelle à jamais la primauté russe en publiant *L'Exploration de l'espace universel par les engins à réaction*. Tout est là déjà, toutes les difficultés techniques sont exposées, pensées, en partie résolues.

En 1903, la traction avant n'existe pas. L'avion vient d'être inventé selon les plans qu'il a dessinés dix ans plus tôt mais il ne vole encore que sur 40 mètres. Et Tsiolkovski est prêt à aller en fusée dans l'espace ! Avec une certaine ingénuité, il soutient même qu'il est grand temps pour nous de l'explorer. « Je sais bien que la Terre est le berceau de l'humanité, écrit-il. Mais on ne peut quand même pas vivre indéfiniment au berceau. »

Cet argument ne convainc pas ses contemporains. Son mémoire est à l'époque complètement surréaliste. Tsiolkovski a soixante-dix ans d'avance, il est classé unanimement dans la catégorie des illuminés.

C'est grâce à la Révolution qu'il ne va pas tomber totalement dans l'oubli. Instituteur pauvre, génie méconnu et ridiculisé par les Académies tsaristes, il l'accueille avec joie. De leur côté les bolcheviks se penchent sur ses travaux et y prêtent attention. En 1921, Lénine signe un décret du Sovnarkom « prenant en considération les mérites particuliers de K.E. Tsiolkovski dans l'étude scientifique des problèmes de l'aviation », et lui attribuant une pension de 500 000 roubles par mois. Il lui reste quatorze ans à vivre. Il ne pourra réaliser sa fusée mais il va publier la totalité de ses travaux, dont un livre *Hors de terre*, qui sera lu avec beaucoup d'attention par un jeune ingénieur enfermé dans la charachka n° 39 avec Tupolev.

Pour Tsiolkovski, ce qui est à la base de toute innovation scientifique, c'est la féerie. C'est elle qui anime le travail acharné de calcul et la résolution patiente de chaque problème, c'est elle qui leur donne vie et âme. Or la féerie, il la porte depuis toujours. En lui s'allient constamment la précision d'un scientifique et l'inspiration quasi hallucinatoire d'un visionnaire. Il voit, lui qui n'entend plus. Il prédit dans son livre que l'humanité ne restera pas sur terre. L'homme ira sur la Lune, mais ne s'y attardera pas. Il se déploiera dans le cosmos. Il construira des stations orbitales habitées, il y emmènera des femmes sans lesquelles il ne saurait vivre, il y cultivera les plantes indispensables à la survie.

Il est obsédé par ce futur qu'il ne connaîtra pas. Il pense sans arrêt à celui qui un jour réalisera le rêve de son enfance et pour la première fois s'arrachera à la Terre. Avant de mourir, il le décrit dans une dernière inspiration, une dernière vision : « J'imagine le premier homme qui vaincra la gravitation terrestre et pénétrera dans l'espace interplanétaire. Il est russe, citoyen soviétique. De métier, vraisemblablement aviateur. Il a la bravoure, l'intelligence, un bon visage russe avenant… »

Il a vu Youri Gagarine.

Vassia s'est arrêté pour reprendre son souffle. Aniouchka en profite pour demander tout bas à Boris :

– C'est qui le professeur Tournesol ?

– C'est dans une BD, je t'expliquerai, tais-toi.

– Oui mais c'est qui ?

– Dans une BD je te dis, c'est traduit du français. Ils l'ont à la bibliothèque, je te montrerai mais tais-toi !

Elle veut absolument savoir qui est ce professeur Tournesol qui sort d'une BD en français et comment ça se fait que Tsiolkovski puisse lui ressembler. Elle aurait bien posé la question une troisième fois mais le camarade lieutenant s'apprête à reprendre la parole, alors là il faut se taire.

– Dans toutes les grandes histoires, mes enfants, il y a un Tabou. Un interdit si terrifiant qu'à l'idée de le transgresser le sang se fige et les os se glacent à l'intérieur du corps.

Dans notre histoire il y en a un. C'est le Nom interdit, le Nom qu'on ne doit jamais prononcer. Celui qui le porte est le véritable héros de notre histoire. Il en tient tout le poids sur ses épaules, il en assume seul la marche. Pourtant il restera totalement inconnu jusqu'à sa mort. Héros de l'ombre, sans nom et sans visage, son destin est de regarder les autres ramasser les lauriers d'une gloire qui est la sienne, et de voir la foule en délire les acclamer caché derrière une vitre sans tain.

Il a lu plusieurs fois *Hors de terre* et en a gardé la marque définitive. Mais il ne ressemble en rien à l'auteur. Autant la pensée de Tsiolkovski est luxuriante et fécondée par le vagabondage imaginatif, autant la sienne est axée dans une seule direction. Il est un technicien, il ne possède aucune parcelle de féerie. Ses atouts à lui sont la patience et la ténacité. Le rôle qui lui a été dévolu dans l'histoire est celui du maître d'œuvre, de l'exécutant, et il l'accepte. Il sera le successeur sans auréole, celui qui pas à pas va réaliser ce que l'autre a rêvé. L'homme second, derrière Tsiolkovski, derrière la vitre.

Dès 1946, quand on lui confie la charge de mettre au point les missiles balistiques de l'Union soviétique, on lui attribue un nom de code de même qu'au bureau d'études n° 88 qu'il dirige. Mais à partir de 1955, lorsqu'on découvre qu'il est peut-être capable d'envoyer un satellite dans l'espace, lorsqu'il y réussit et conduit la conquête spatiale de victoire en victoire, sa mise au secret devient totale. Il est l'homme le plus caché et le plus protégé du pays. Son nom est un secret d'État absolu.

Il s'appelle Sergueï Pavlovitch Korolev. Gravez ce nom dans vos mémoires, mes enfants, et ne l'oubliez jamais. Seul le Secrétaire général fut en droit de l'utiliser. Ses collaborateurs l'appelaient SP, pour Sergueï Pavlovitch. Dans les articles de la *Pravda*, dans les communiqués officiels, il était désigné exclusivement par son titre : le Constructeur en Chef des Vaisseaux Spatiaux. Pour tous les autres il fut l'homme sans nom.

Et pas sans raison. Le succès de Spoutnik a laissé les Américains pantois. La présentation de leur satellite quelques jours plus tard n'améliore pas la situation. C'est une boule minuscule d'un kilo et demi, cinquante-cinq fois plus petite que Spoutnik ! Aussitôt on le baptise ironiquement « le pamplemousse ». Eisenhower n'apprécie pas et exige que soit mis fin à l'humiliation des États-Unis. Le lancement du pamplemousse est annoncé en grande pompe. Il aura lieu dans huit semaines, le 6 décembre, en direct. Effectivement le jour dit les caméras sont là et elles vont retransmettre le fiasco dans le monde entier : la fusée s'élève de quelques centimètres avant de s'écraser au sol en expulsant son minisatellite, qui rebondit et se contorsionne par terre en émettant des bip bip dérisoires.

Nous autres Russes, il faut l'avouer, on est des bons vivants, on n'est pas ennemis d'une franche rigolade. Là, on s'en donne à cœur joie. Le surnom de pamplemousse est relégué au profit d'autres plus appropriés : flopnik, kapoutnik, katastroïnik, les journaux y vont librement et toute l'URSS se tient les côtes. C'est qu'on est tellement fiers… Les paysans crasseux et arriérés ont damé le pion à l'Amérique ! Ça nous donne bien le droit de nous payer un peu sa fiole, non ?

Malheureusement il n'y a pas que la Russie qui rigole. Les États-Unis se sont couverts de ridicule et ils le prennent très mal. Chez eux l'heure est aux décisions radicales. On donne tout pouvoir à von Braun malgré son passé encombrant, on lui accorde des moyens financiers quasi illimités. Eisenhower passe un savon historique à ses services secrets. Qu'ils se débrouillent. Mais il veut savoir *qui* est le concepteur de la R-7, il veut son nom et ses plans. Commence une traque d'un genre particulier. Désormais après chaque succès, à chaque manifestation officielle, des milliers de photos seront passées au crible par le FBI et la CIA. Tous les hommes présents sont étudiés, tout visage nouveau doit être identifié : le concepteur est forcément là quelque part.

En vain, car son exploit a fait de lui définitivement l'homme derrière la vitre. Il n'apparaîtra jamais sur aucune tribune. Lorsque la délégation du comité Nobel se présentera pour décerner le prix et demandera à qui il revient, le Secrétaire général répondra simplement : « À tous les Soviétiques. » Le Constructeur en Chef ne sera jamais identifié. Son nom ne sera révélé qu'à sa mort, lorsqu'on lui fera sur la place Rouge des funérailles nationales presque aussi solennelles que celles de Lénine.

Il faut reconnaître que l'Amérique n'est pas la seule que le succès de Spoutnik ait sidérée. Le plus surpris a peut-être bien été Khroutchev lui-même. Avec sa franchise coutumière, il l'avoue tout de go à SP lorsqu'il le reçoit le lendemain du lancement : « On m'avait bien transmis vos rapports, mais je n'ai jamais cru à ces histoires de satellite… Je pensais : ça y est, encore les divagations de Korolev. Mais par le diable ou le bon Dieu, voilà que vous avez réussi ! » Et de le congratuler, et de lui taper de toutes ses forces sur l'épaule, si bien que le Constructeur en vacille, lui dont le petit gabarit est sans commune mesure avec celui du Secrétaire général. C'est que Khroutchev n'avait pas l'habitude de bouder son plaisir. C'était un brave homme Nikita, c'est peut-être pour cela qu'on l'a limogé si vite.

Mais assez d'embrassades, on est là pour parler de l'avenir. Pas question de s'arrêter en si bon chemin. On est début octobre, le mois prochain c'est l'anniversaire de la Révolution, il nous faut quelque chose de retentissant à cette occasion. Le vice-Premier ministre Mikoyan, un crétin d'envergure qui a expédié pas mal de monde au trou du temps qu'il servait Staline, assiste à la discussion. Il propose un satellite qui au lieu d'émettre des bip bip jouerait *L'Internationale*. Khroutchev réfléchit, il trouve que l'idée n'est pas mauvaise. L'hymne soviétique se répandant dans l'Univers pour célébrer la Révolution… ça, ça ferait de l'effet.

L'homme sans nom en a vu de toutes les couleurs dans sa carrière. Il a appris à composer avec le pouvoir. Mais là il bout intérieurement. Il n'a pas connu les camps et les prisons militaires, passé sa vie à sa table de travail, pour aller jouer *L'Internationale* à la trompette sur une orbite de 1 000 kilomètres d'apogée pour la distraction des Terriens ! Au biniou non plus. Il a lui un plan précis dans la tête qui passe par les vols habités et va jusqu'aux stations orbitales. Il l'a exposé dans un de ses mémoires que manifestement on n'a toujours pas lus. Et la première étape, c'est de savoir si la survie dans l'espace est possible pour un être vivant. Après un gros effort pour retrouver le contrôle de lui-même, il suggère que le prochain lancement emporte un chien dans le cosmos.

Khroutchev ne s'y attendait pas et s'en tape carrément les cuisses. « Je vous l'avais bien dit, il est impayable ce Korolev ! Un chien ! Mais il vous faudrait une capsule trois fois plus grosse que Spoutnik au moins… Et c'est dans un mois ! Un rat plutôt, ce serait plus raisonnable ? Ou bien un cochon d'Inde. Hein, qu'est-ce que vous en dites, Mikoyan, un cochon d'Inde ? Avec des moustaches un peu comme les vôtres ? »

Mais Korolev ne rit pas. Il a l'air sûr de lui. Finalement sa proposition est adoptée par le Secrétaire général. Va pour un chien, c'est encore mieux que l'idée de cet imbécile de Mikoyan.

Ce sera Laïka. Une chienne bâtarde qui a été trouvée errant dans les rues de Moscou et va devenir le premier être vivant à aller dans l'espace. Elle décolle le 3 novembre, plus d'un mois avant la déconfiture du pamplemousse américain, et lance de façon spectaculaire les incontournables fêtes de la Révolution. La capsule qui l'emporte n'est pas trois fois plus grosse que Spoutnik, comme l'a supputé Khroutchev qui n'y connaît rien. Elle l'est douze fois plus. Tranquillement le Constructeur en Chef l'a conçue d'une demi-tonne et l'a fabriquée en quatre semaines.

Il n'y a pas de retour prévu pour Laïka. Ce que Korolev attend d'elle, c'est un renseignement capital pour la suite du programme. Il a donc décidé de la laisser tourner aussi longtemps que possible. Elle va survivre cinq jours en orbite et mourir le sixième d'un surchauffement de la cabine, après avoir néanmoins rempli sa mission : la vie est possible là-haut. Maintenant l'homme sans nom a sa réponse, il ne dort plus, il ne mange plus. Son énergie, sa pensée, chaque cellule de son corps, chacun de ses instants sont consacrés à l'étape suivante.

C'est une très longue conversation. Elle se déroule la nuit seulement, de mois en mois, au fil des retours réguliers de Vassili. Elle s'interrompt lorsqu'il retourne à la Cité des Étoiles, elle se reprend le mois suivant exactement où elle en était restée. Elle s'infléchit au gré des lectures que Léna a faites entretemps.

Elle a d'abord lu les articles, les livres de souvenirs et les comptes rendus de ceux qui sont allés là-bas. Puis elle les a écoutés, elle a regardé les archives vidéo. Petit à petit elle s'est familiarisée avec l'espace, elle a fait la connaissance de cet ailleurs qui va bientôt emporter Vassili. Presque tous les témoignages sont émouvants. Il y en a qui sont drôles, d'autres ont manifestement été rédigés en entier par le Parti et regorgent de ces formules emphatiques et ronflantes qu'il affectionne.

Leur entraînement est très dur. Ils parlent des G, la multiplication de la gravité avec l'accélération. Ils les craignent. Un avion de ligne, c'est un G et demi. Pendant la préparation on monte jusqu'à 8 G, il faut s'habituer à ce qui vous attend. Au décollage on est comprimé comme dans un étau. La sensation d'écrasement est insupportable. C'est comme si la Terre se vengeait, essayait de toutes ses forces de retenir celui qui veut la quitter. On est plaqué sur son siège, on respire difficilement.

Et puis soudain c'est la libération, l'indicible soulagement : le vaisseau a trouvé son orbite. La Terre accepte, elle vous lâche… On se sent déplié tout à coup, comme caressé par de l'eau fraîche. Alentour tout se met à flotter. L'apesanteur règne dans la cabine.

Il faut y entrer avec précaution. Au début on veut agir comme sur terre et ce n'est pas la bonne façon. Si on lève un bras trop brutalement, le reste du corps bascule dans l'autre sens. Si on visse un boulon en oubliant de s'arrimer, on se met à tourner comme une toupie autour du tournevis. L'apesanteur réclame de la délicatesse dans les gestes, la modestie d'un voyageur arrivé en pays inconnu qui se doit d'en apprendre les usages.

Certains ne s'y sentent pas à l'aise, le poids leur manque. Ils trouvent que les objets se conduisent mal. Ils se figent là où on les laisse. On ne peut plus rien poser, les choses ont des ailes et encombrent l'air. Mais ceux que les bizarreries de l'apesanteur dérangent sont rares. La plupart l'ont aimée. Ils s'y sont fondus, se sont allongés en elle avec cette joie que l'on éprouve dans certains rêves où on a la sensation de s'élever, s'envoler…

À les écouter l'ailleurs de Vassia lui semble presque proche. Elle peut y entrer aussi facilement qu'elle descendait au fond de la mer, quand Andreï lui en imitait les bruits.

Depuis qu'elle fréquente les bibliothèques, elle sait qu'elle ne s'est pas trompée dans sa dernière lettre. Tous ces hommes ont au retour les mêmes yeux morts, le même regard vide, et une souffrance au fond du cœur qui ne peut pas s'exprimer. On les interroge, ils butent, ils hésitent. On les a sélectionnés sur leurs capacités de maîtrise et de sang-froid, on les a formés à faire face à toutes les situations, et là ils sont démunis. Ils voudraient dire, mais les mots manquent pour les couleurs et les sons qui n'existent pas ici. Leonov était peintre avant de devenir aviateur. Sur Mir il dessinait sans arrêt, il avait toujours un crayon qui flottait à côté de lui. Après son retour il a passé son existence à chercher sur sa palette des nuances qui puissent évoquer ce qu'il a vu, la crudité de cette lumière. Il n'y est jamais arrivé. Seuls certains tableaux de Repine s'en approchent un peu.

Elle a vu l'interview d'un pilote qui a volé plusieurs fois. Depuis on en a fait un général, un homme important constellé d'étoiles et de médailles. Les questions se succèdent. À la fin le journaliste lui demande ce que la station représente pour lui. Il voudrait répondre avec honnêteté, mais on voit son embarras, à quel point c'est difficile. Il y a un long silence. Il paraît perdu. « Mir…, dit-il enfin, c'est chez moi. Vous comprenez, j'ai passé des milliers d'heures à regarder la Terre par la fenêtre… » Son regard a quitté la caméra, deux grosses larmes roulent le long de ses joues. Il ne s'en aperçoit pas. Elle le regarde et elle sait, avec une précision diagnostique, que c'est ainsi que reviendra Vassia.

Elle a assisté à une conférence de Féoktistov sur la conquête spatiale. Il en exposait avec brio les enjeux et les défis. Il a parlé du vrai danger, l'usure anormale des corps qu'on observe chez ceux qui sont partis plusieurs fois pour des vols de longue durée. Mais c'est sa conclusion qui a frappé Léna, elle l'a notée et gardée : « Nous avons résolu les problèmes techniques. Nous savons aller dans l'espace, y travailler, en revenir. Mais nous n'avons toujours pas trouvé ce qui justifierait d'y maintenir une activité humaine, une fin qui serait en rapport avec l'énormité des moyens déployés.

Nous n'avons pas trouvé d'explication à notre aventure. »

Ce soir où Vassia est de retour, elle ressort la feuille et la lui tend.

– Voilà, dit-elle. Ils ont sacrifié plusieurs années d'espérance de vie, abandonné leur famille, leur métier, un avenir. Mais ils n'ont aucune raison à fournir. Il n'y a pas de réponse, cette recherche est vaine. Il faut se contenter de les écouter, malhabiles, décrire cet instant où la Terre renonce et les laisse partir…

– Et si c'était cela l'explication ? répond-il brusquement. L'échappée… la belle échappée. Et si l'activité scientifique ou la défense n'était qu'un prétexte, si ces milliers de techniciens, ces sommes colossales, n'étaient voués qu'à cet instant miraculeux où l'homme échappe à sa condition de poids mort ? Il est ligoté au sol depuis la naissance. Il vit dans la fange, étouffé par la médiocrité de ses semblables, englué dans la monotonie de son quotidien. Alors rien qu'un instant s'arracher à la tourbe, jeter l'enveloppe et s'écrier comme le poète maudit : « L'Azur ! L'Azur ! L'Azur !... »

Léna sourit. Vassia ne cessait de se rapprocher d'elle. Il parlait de plus en plus souvent ainsi, les victoires et les bruits de bottes disparaissaient de son discours. Elle avait été injuste. C'était bien l'histoire qui l'emportait là-haut. L'histoire grandiose et tragique de ce pays, celle qui avait roulé sur Varvara et Dimitri, mais aussi l'utopie féerique qui avait étreint Tsiolkovski et l'homme sans nom, et n'appartenait à aucune époque.

Il reprit gravement :

– Je la connais, la raison. C'est parce que nous manquons de cathédrales. Il y a trop longtemps que nous n'en construisons plus. Te souviens-tu du livre sur les églises de France que nous avions trouvé chez un libraire de Tioumen ? Nous n'avions pas de quoi l'acheter, nous sommes revenus le regarder presque tous les jours jusqu'à ce qu'il disparaisse du rayon. Nous en avons feuilleté les illustrations pendant des heures. Ces édifices nous émerveillaient. Pas seulement par leur beauté, mais aussi par leur façon de traverser les siècles, imperturbablement. La durée ! Nous autres sommes gens des forêts, voués à voir leurs constructions en bois brûler tous les cinquante ans. À côté des images il y avait un texte, lui aussi parlait de patience. De ces bâtisseurs anonymes qui passaient des années sur la même pierre à la tailler, à en ciseler minutieusement le motif. À force de persévérance ils arrivaient enfin à bout de leur travail et venaient l'ajouter à un linteau ou à une voûte qui s'échafaudait au fil des ans, bloc après bloc. Ils savaient qu'une vie ne suffirait pas. Seuls les fils des fils de leurs fils, peut-être, verraient l'ouvrage achevé. Ce serait le temps où après de longues heures de marche, les pèlerins épuisés apercevraient au loin, se dressant dans le ciel, les flèches de Chartres la magnifique ou de Reims la superbe…

Féoktistov a raison, il n'y a plus aucun lieu de maintenir une présence humaine dans l'espace. Les enfants de nos enfants iront probablement sur Mars, et après ? À quoi bon ? À ceci seulement peut-être : l'homme a besoin de cathédrales, de quelque chose qui le dépasse et qu'il faut des générations pour construire.

Alors les grands bras de Mir écartelés dans l'univers, et la Terre en dessous, majestueuse, immensément bleue… Ce sont nos cathédrales à nous, les hommes du XXe siècle, les hommes sans Dieu. Elles nous survivront moins longtemps que Notre-Dame. Mais c'est notre œuvre et elle n'est pas sans beauté.

Dans la cuisine ce soir, chacun a pris place. Vassia fait des provisions. Il coupe de petits morceaux de sucre qu'il dispose autour de sa tasse en cas de besoin. Aniouchka voudrait l'aider mais le sucre est beaucoup trop dur, elle ne réussit qu'à disperser des grains sur la table, et en plus elle glisse de ses genoux. Il la rattrape, la réinstalle :

– Et maintenant, mes amis, voici le Héros.

Regardez-le s'approcher les enfants, Tsiolkovski ne s'est pas trompé : il est russe, citoyen soviétique. De métier, aviateur. Comme il l'avait prédit, il a la bravoure et l'intelligence, il les porte toutes deux sur son bon visage rond et avenant. C'est un homme simple. Il regarde toute chose en face et rien ne l'effraie. Allons viens Youri, viens, c'est ton tour à présent : il est temps pour toi d'entrer dans notre histoire et à jamais dans la légende.

Il est né dans un petit village de la région de Smolensk, ni plus ni moins arriéré que le reste du pays. Il avait six ans quand il a vu une voiture pour la première fois. Et des avions aussi, beaucoup d'avions dans le ciel, qui bombardaient les colonnes allemandes. Même un de tout près, qui s'était posé en catastrophe dans un champ voisin à cause d'une avarie. Tous les gosses du village sont accourus pour le voir, lui aussi il a touché la veste en cuir du pilote et la grande étoile rouge peinte sur la carlingue.

Il a eu une enfance banale. Ses parents sont employés au kolkhoze Oudarnik, « Travailleur de choc ». Son père s'appelle Alexeï, il est charpentier, et sa mère Anna s'occupe des vaches. En 41 les Allemands entrent dans le village, ils brûlent l'école. Le père part chez les partisans. Le petit Youri fait comme les autres, il laboure les champs harnaché au côté de son frère Boria. Il n'entre à l'école qu'à neuf ans, mais rattrape vite le temps perdu parce qu'il voudrait quitter le kolkhoze. Grâce à un oncle qui y habite, il est admis dans un établissement technique de la banlieue de Moscou comme apprenti tourneur. Ensuite on l'autorise à poursuivre sa formation en métallurgie à l'institut industriel de Saratov, section fonderie.

Et à Saratov, il y a un aéroclub.

Ils sont cinq fondeurs à s'être inscrits mais quatre vont abandonner parce que c'est trop dur de mener les deux de front. Youri, lui, n'est pas du genre à se décourager. En 1955 il obtient en même temps son diplôme de fondeur et le brevet de pilotage qui lui ouvre les portes des écoles de l'air. Il n'hésite pas longtemps, c'est aviateur qu'il veut devenir : il entre comme élève officier à l'école militaire de Tchkalov. Il apprend sur un Yak 18. À vrai dire il n'est pas très brillant, il est trop petit pour les commandes. Ça va mieux en mettant un coussin sous le siège. Notre héros qui va devenir un personnage immense mesure un mètre soixante. Ça le tourmentera sans arrêt pendant la sélection, il aura peur d'être refusé à cause de sa petite taille. Pauvre Youri, il ne peut pas savoir qu'au contraire c'est un atout… Pour l'instant il est nommé lieutenant, et il demande le Grand Nord. On l'affecte dans une base navale de la région de Mourmansk.

L'homme sans nom ne sait pas que le Héros vient d'abandonner la fonderie et que sa trajectoire s'est du coup singulièrement rapprochée de celle de l'histoire. Lui, il poursuit son programme. Il a modifié la capsule. Il l'a agrandie, il en a supprimé les arêtes et fait polir les angles pour diminuer la résistance aux frottements. Le résultat c'est Vostok, sa passion, son joyau : une sphère argentée parfaite de 2,3 mètres de diamètre et près de 5 tonnes. Quand il est là, on n'a le droit de la toucher qu'avec des gants.

Après Laïka il a procédé à cinq autres essais, dont quatre ont été des échecs. Le septième, qui doit emmener à nouveau une chienne, sera décisif. De lui dépend la suite que les instances dirigeantes donneront au projet.

Seulement il y a un problème avec cette chienne : elle s'appelle Oudatcha et ça veut dire chance. Exactement ce qu'il faut pour attirer la poisse. On ne plaisante pas avec ces choses-là. Chaque Russe a un petit diable invisible assis en permanence sur son épaule gauche, grand comme la main avec des pieds velus qu'il pose sur la clavicule parce que monsieur aime ses commodités. Il tend l'oreille qu'il a juste à la hauteur de notre bouche et sitôt qu'on parle de succès ou de chance, ça y est ! Il manigance quelque chose pour tout faire rater. Pas question d'envoyer un animal qui porte un nom pareil dans le cosmos. Vingt-quatre heures avant le lancement, on décide en haut lieu qu'il faut la rebaptiser. On réunit à la hâte une commission qui suggère d'appeler la chienne « Exploit Collectif des Ingénieurs et Savants Socialistes ». Encore une idée de Mikoyan probablement... Cette proposition constructive n'est cependant pas retenue. Ce sera Zviozdotchka, et on a bien fait de la renommer : le vol de la « petite étoile » est un succès complet. Cette fois la décision est prise. Le recrutement du premier homme qui volera dans l'espace est lancé.

Oui, mais sur quels critères ? On n'a aucune idée de ce qui peut se passer là-haut ni de ce qu'on y ressent. Encore moins des aptitudes qu'il faudrait. On n'y a envoyé que des animaux avec des électrodes sur le ventre, et bien peu sont revenus. On s'adresse au Constructeur, qui évidemment n'en sait pas plus. Cependant il va trancher la question à sa façon : « Trouvez-moi des gars qui ont du cran, dit-il. Des types qui ne flancheront pas. Et puis pas trop grands surtout, parce que je n'ai pas tant de place : ma capsule est petite. » C'étaient ses seules exigences. Il avait beau réfléchir, il ne voyait pas très bien quelles qualités seraient nécessaires, à part être petit et ne pas flancher.

On va les chercher dans tout le pays. On a décidé d'en retenir vingt, et on passe trois mille dossiers en revue. Le KGB et les médecins font un premier tri, puis l'armée entre en scène et va les rencontrer un par un là où ils se trouvent.

Youri pendant ce temps est toujours officier, grade lieutenant, dans une base du district de Mourmansk. Il aime piloter dans le Grand Nord, c'est bien plus excitant qu'ailleurs et on apprend plus vite. Il a été pris avec son appareil dans un ouragan de neige comme on n'en rencontre que dans cette région, qui ne lui laissait quasiment aucune chance de survie. Il a tenté le tout pour le tout et il est arrivé à se poser à l'aveugle au milieu d'un écran blanc, avec des vents tourbillonnants de 180 kilomètres à l'heure. C'est assez exaltant. Enfin surtout après, quand on est sain et sauf, et au sec.

Peu après cet événement, il est convoqué dans le bureau du colonel commandant la base. Un homme en civil au visage revêche est assis dans la pièce. Il lui pose des questions sur son parcours, sa formation. Puis il l'interroge longuement sur la tempête qu'il a essuyée, ses réactions sur le moment, chacune des décisions qu'il a prises.

Le lendemain Youri est sur le tarmac en train de vérifier son appareil, quand quelqu'un lui tapote l'épaule. C'est ce même type en civil, il a l'air mieux luné que la veille. Il ébauche même un sourire. Il le regarde droit dans les yeux et soudain lui demande : « Dites-moi, camarade, ça vous dirait à vous d'aller plus haut ? »

Si ça lui dirait… Le cœur de Youri fait des bonds. Ce gars avec sa figure renfrognée, c'est la chance en personne que ça s'appelle. Son avion n'est pas très performant. Sans doute on vient lui proposer un Mig, peut-être le dernier-né dont on dit que c'est un avion formidable. Ça fait longtemps qu'il en rêve. Mais le sourire de l'homme s'élargit. « Tstt, tstt, dit-il en secouant la tête. Plus haut, camarade. Plus haut. »

Un prototype alors ? Des vols d'essai sur un appareil nouveau qui permettrait de monter jusqu'à la stratosphère ? Ça, il n'a même pas osé en rêver. Mais l'homme secoue toujours la tête. « Tstt, tstt. Plus haut, camarade. *Beaucoup* plus haut. »

Il est physiquement impossible d'aller au-dessus de la couche stratosphérique. Enfin si, on peut… Mais pas en avion. Alors… ce serait ça ? Spoutnik remonte à deux ans. On serait déjà prêt ?

Il a mis longtemps notre héros, mais il a fini par comprendre. On lui proposait d'aller là où jamais personne n'était allé.

Leonov, c'est sur une panne des circuits électriques de son Mig pendant un vol nocturne qu'on est venu l'interroger. Un cas où il n'y a rien d'autre à faire que de sauter. Mais c'est un sentimental, Leonov. Il aimait passionnément son avion, on l'a surpris plus d'une fois en train de le caresser et de lui parler. Alors il a tenté de le sauver et il a réussi cet exploit de se poser de nuit, sans radio, et sans la plupart des instruments de bord.

Quand on aura réuni les vingt sélectionnés et qu'ils discuteront le soir dans leurs chambres, ils s'apercevront qu'ils ont un point en commun : ils ont tous été confrontés à une avarie grave ou des conditions météorologiques exceptionnelles, dont ils n'ont réchappé que grâce à leur sang-froid. Avec le temps, ils en remarqueront un autre : ils font tous moins d'un mètre soixante-dix. Et pour cause. On a trouvé au Constructeur ce qu'il avait demandé : des petits, avec du cran.

Vous vous en souvenez, mes enfants : c'est pour une Quête que ces vingt hommes ont été choisis, triés si minutieusement. C'est pour la possession d'un Graal que les deux géants s'affrontent. Et dans toute Quête, il faut aux prétendants passer par des épreuves et en sortir victorieux. Les leurs sont terribles.

Il y a la chambre thermique, où on les enferme à 55 degrés dans une atmosphère saturée à 40 % d'humidité. Un truc que seuls les diables de l'enfer réunis ont pu inventer. Et une épreuve inutile car la température de Vostok ne dépassera jamais 22 degrés. Mais il fallait bien les préparer à toutes les éventualités : Laïka était morte d'une surchauffe de la cabine.

Il y a la centrifugeuse, la machine à multiplier les G, où le corps pèse une tonne et la tête éclate. Ils l'ont surnommée « le moulin de Satan ». Il y a le rotor où on teste leur oreille interne. Il tourne dans un sens pendant que la capsule au bout tourne dans l'autre, et monte ou descend dans le troisième axe. Quand on les sort de là, ils sont incapables de tenir debout, il faut les porter.

Il y a encore le cachot. C'est la chambre sourde, le monde du noir et du silence où le temps ne s'écoule plus. On y reste des jours et des jours. Parfois le silence est fracassé par un bruit strident, terrifiant. Dans cette épreuve-là, il faut seulement s'appliquer à ne pas devenir fou.

Leur entraînement dura plus d'un an. Mais enfin arriva le jour où tous les supplices avaient été affrontés, toutes les épreuves surmontées. Ce jour-là il en resta douze. Huit avaient été éliminés. Voici les noms de ces écartés, qui depuis sont tombés dans l'oubli. Bondarenko : mort à l'entraînement. Anikéiev, Filatiev, Nélioubov : manquement à la discipline. Kartachov, Zaïkine : raisons de santé. Rafikov : problème conjugal. Varlamov : blessé hors entraînement. Bientôt vous comprendrez pourquoi mes pensées vont à ces hommes qui ont subi ce sort terrible, la hantise de ceux qui entrent à la Cité des Étoiles : être sélectionné et ne jamais partir.

Cependant douze heureux étaient restés en lice. Et pour ces douze-là, vint l'heure du choix. Pourquoi Youri ? Il n'était pas le plus doué. Le meilleur, c'était Guermann Titov. Mais il n'était pas question de prendre Titov. Il avait un prénom allemand, même si c'était celui d'un héros de Pouchkine, et des origines petites-bourgeoises, un père enseignant. Youri, qui était arrivé second dans la plupart des épreuves, s'était imposé au fil des mois pendant la préparation. Aux yeux de tous : quand on les a fait voter à bulletin secret, c'est lui qu'ils ont élu.

C'était un bon camarade, toujours gai, toujours content. Il avait quelque chose d'étonnant qui doit s'appeler le charme. Dès qu'on le voyait on se sentait réjoui, on avait envie d'aller vers lui. Et on se trouvait à l'aise, comme si on l'avait toujours connu, comme avec un vieil ami à qui on peut faire des confidences. Même des chefs d'État le ressentiront, et se surprendront à vouloir lui révéler quelque souvenir d'enfance jamais raconté à personne.

C'était un homme droit. Il y avait une telle franchise dans son regard clair que quand il vous parlait, on avait confiance, on sentait qu'il pensait vraiment ce qu'il disait. À tel point que quand il déclarera : « C'est mon amour pour mon parti glorieux et ma patrie héroïque qui m'a donné la force de réaliser cet exploit », eh bien figurez-vous qu'on le croira. Fils de paysan, ancien métallo, il réalisait l'unité entre notre Russie millénaire et la jeune Union des Soviets. Chaque Russe se reconnaîtra en lui. Il connaissait aussi bien les œuvres de Lénine que les vieilles chansons de moujiks sur la misère aussi interminable que la plaine. Quand il a monté la rampe vers la fusée, il s'est mis à chanter et il a inauguré la tradition. Depuis Youri, on chante tous en approchant la fusée.

Mais plus que tout il avait un fabuleux sourire, qui illuminait son visage et son interlocuteur, et qui fera le tour du monde. Il était l'incarnation du sourire, comme si la terre elle-même avait façonné son visage rond avec ce qu'elle avait de meilleur. C'est grâce à Youri que le Constructeur a pu supporter sa mise à l'écart. Divorcé, sans vie de famille, il avait pris Youri sous son aile comme un fils. Il avait avec lui une relation très proche, très tendre. Oui, tous étaient d'accord. Celui qui partirait le premier avec tous les risques, qui verrait ce que jamais aucun homme n'avait vu, ce serait Youri.

Le lancement fut fixé au 12 avril 1961. Les Chefs étaient terrorisés. Ils étaient obsédés par le fait que quels que soient le secret et les précautions, un échec ne pourrait être caché. Ils exigeaient des garanties. Alors le Constructeur leur en a donné. Lesquelles ? Rien. Du vent, sa parole. Il savait mieux que personne qu'il n'y avait aucune garantie et que les risques étaient énormes. Mais il leur a dit ce qu'ils voulaient entendre, il leur a juré que ça marcherait. C'est le Constructeur seul, l'homme qui n'avait plus de nom, qui a assumé cette décision et en a porté le poids. La veille du départ on a installé Youri dans une isba en bois qu'on avait construite à cette intention tout près de la base. Sur la table, on avait posé un grand registre encore vierge, et on lui a demandé d'écrire son nom sur la première ligne de la première page. Le soir, le Constructeur est venu le voir. Personne ne sait ce qu'ils se sont dit. Youri a très bien dormi. C'est le Constructeur en Chef qui n'a pas fermé l'œil.

La vie de Léna s'est un peu compliquée dans l'appartement communautaire numéro 12. Macha lui fait la tête, elle est fâchée parce que Boris est dans le plâtre. Il s'est cassé le bras en sautant en parachute du haut de l'armoire de sa chambre. À la vérité c'est probablement Aniouchenka l'instigatrice de cette affaire. C'est elle qui a fabriqué le parachute dans un drap neuf qu'elle a pris à sa mère. En plus elle a entièrement coupaillé le bas pour faire les lanières d'attache, il est inutilisable. Et naturellement c'est la faute de Vassia et de ses histoires.

De toute façon les enfants sont hors de contrôle maintenant. Ils sont toujours ensemble. On ne sait pas comment ils font mais ils retiennent des passages entiers de son récit par cœur, en son absence ils les rejouent pendant des heures. Anioucha avec sa petite voix flûtée veut absolument faire Gagarine, et honnêtement elle est impayable : « Un nouveau modèle d'avion, un prototype alors ? » En général c'est Boris qui fait l'officier en civil et on l'entend répondre d'une voix grave et pénétrée : « Tstt, tstt. Plus haut camarade, plus haut. » Sonietchka a une véritable passion pour le personnage du Constructeur. Ce n'est plus la peine de lui demander quoi que ce soit. Quand on s'adresse à elle, elle prend un air mystérieux, pose un doigt sur sa bouche puis chuchote : « Je n'ai plus ni nom ni visage. Aucune question me concernant ne doit trouver réponse. »

Le retour de Vassia provoque chez eux un état d'excitation délirante. C'est tout juste si on a encore le droit de manger dans la cuisine, ils vous enlèvent l'assiette au milieu du repas. Et il n'a pas encore annoncé son départ qui approche. Elle se demande comment tout ça va finir.

Mais il est temps que ça finisse. Vassia s'est trahi hier soir, et dans l'auditoire il n'y a qu'une seule personne qui a remarqué. Aniouchka, bien sûr. Elle a dû se réveiller très tôt, quand Léna est arrivée dans la cuisine elle était déjà là, qui l'attendait. Elle l'a regardée fixement et a demandé : « Pourquoi il a dit : *On* chante tous en approchant la fusée ? »

Il y avait une telle tension dans le regard de l'enfant que Léna n'a pas pu lui faire une réponse banale. Elle a préféré se taire et lui chauffer son lait en silence. Parfois, comme ce matin, elle a l'impression que cette toute petite fille est la personne la plus proche d'elle dans le logement, la seule à avoir deviné confusément qu'il allait bientôt les quitter toutes les deux.

Elle n'écrit presque plus. Elle ne sait pas quoi dire. Les quatre jours par mois que Vassia passe auprès d'elle ne lui inspirent rien. Avant, quand sa vie s'écoulait monotone et immuable, elle trouvait des choses à raconter. Maintenant un bouleversement profond a cours en elle et elle ne sait pas le décrire.

Mais elle a commencé à s'approcher du téléphone. Elle l'utilisait le moins possible auparavant. La voix d'un être cher quand il est au loin et qu'on ne peut pas voir son visage, avec son timbre changé et ce grésillement parfois qui la recouvre, c'était trop pénible pour elle. Cela rendait l'absence si aiguë qu'elle raccrochait très vite. Le téléphone, c'est venu en même temps que les chiffres. Il est comme eux d'apparence ingrate, noir et dur au toucher, mais on peut l'apprivoiser lui aussi. Elle s'est mise à appeler Ketylin de plus en plus souvent. Elle a fini par trouver du réconfort à les entendre parce que si le timbre est différent, on reconnaît très bien les intonations. Les remontrances de Varvara par exemple lui parviennent intactes, et quand elle entend ce ton bourru et la mélopée de cette voix grondante, elle se sent en sécurité, comme si rien n'avait changé et qu'elle se trouvait de nouveau à Ketylin dans le temps d'autrefois.

Ce fut malgré tout un grand bonheur quand elle a reçu une lettre, avec plusieurs semaines de retard parce que la poste ne marche plus très bien. Elle est de Mitia. Varia a seulement apposé sa signature en bas en travers de la page avec des baisers affectueux. Voici ce qu'il écrit :

Ma toute petite, mon miel, ma douceur,

Ton dernier courrier nous a bien surpris. Ainsi Vassia va faire partie de ce corps d'élite, la fierté de notre nation. Ainsi il va ajouter son nom à la liste prestigieuse qui est conservée dans le registre de Tyuratam, puis monter la rampe que tous ces autres consignés un à un dans le livre ont montée avant lui. Ainsi bientôt nous le verrons chaque soir dans notre petit poste de télévision.

Inutile de te dire qu'au reçu de ta lettre, nous nous sommes encore disputés à ton sujet Varia et moi. Pas tout de suite. D'abord elle est partie faire le tour du village pour annoncer la nouvelle, sous le sceau du secret naturellement, à chacune de ses connaissances, c'est-à-dire la totalité des habitants. C'est seulement à son retour que nous avons débattu et nous sommes trouvés en désaccord sur tout. Comme tu l'imagines, elle m'a jugé trop sensible à ton désarroi qu'elle a classé dans la catégorie « fariboles et autres fadaises ». Elle attend de toi que tu accueilles la mission qui est la tienne avec la dignité voulue. Et puisque tu restes sur terre, que tu saches y garder les pieds quand on enverra Vassia tourner au-dessus comme une toupie. Elle a insisté pour que je te marque bien cette dernière phrase.

Moi, je ne pense pas comme elle.

Mon petit, c'est toi qui as raison. Elle est incroyablement belle de là-haut, incroyablement bleue et ronde. C'est pour cela qu'ils partent. C'est notre Mère la Terre humide, elle nous a donné la vie, elle nous a nourris et elle seule nous console quand il ne reste plus rien d'autre. Elle gémit sous l'assaut des tempêtes, elle tremble quand ses entrailles s'agitent. Elle crie désormais sous la violence des hommes qui prétendent la ployer. Mais elle murmure aussi, certains clairs matins d'été où l'air embaume, elle murmure à chacun que tout est vain, que rien n'existe sauf cet instant de lumière et de douceur, qu'à elle nous retournerons en poussière et qu'elle nous accueillera sans rancune dans ses bras moussus.

Tu as raison encore : il ne faut pas la quitter. Les hommes qui partent là-haut sont des transfuges. Il n'y aura plus de place pour eux nulle part. Ce qui les attend au retour, c'est l'exil définitif, celui des orphelins et des expatriés. Qui les comprendrait mieux que toi ?

Vassia ne le sait pas. Il est plongé dans son projet, dans le besoin qu'il en a ; l'après n'existe pas pour lui. Tu es bien plus avancée. Tu cherches à l'avertir avec tes questions, mais il ne t'entend pas.

Il ne peut compter que sur toi. Il lui faudra au retour beaucoup de patience, beaucoup d'attention. La même sans doute qu'avaient pour toi les passants de la rue pendant ses absences, quand ils te sentaient porteuse d'un fardeau mystérieux.

Qu'allez-vous devenir ? Que va devenir notre pays, notre passé ? Au moins les prédécesseurs de Vassia ne cherchaient à fuir là-haut que la condition humaine. C'était déjà suffisant. Mais si lui, comme tu le pressens, tente de surcroît par cette aventure d'échapper au destin qui guette la Russie, c'est la plus cruelle des désillusions qui l'attend.

Je n'ai que ma maigre expérience à t'apporter. Il arrive parfois, très rarement, qu'au terme du désenchantement on trouve une régénération possible. Je sais des hommes qui avaient renoncé à tout espoir et n'avaient plus d'autre ambition que de voir venir la mort en la regardant en face. J'en connais un parmi eux à qui la vie a offert alors d'inattendus cadeaux ; tu es l'un d'entre eux, mon petit. De même que Varvara avec tous ses défauts, et la fabuleuse contrée où l'on m'a expédié en croyant me punir.

Permets à ce vieil homme qui sans ces accidents du destin serait mort depuis longtemps, de souhaiter ardemment que pour Vassia et toi, il existe quelque part une improbable Sibérie, une terre d'asile pour les cœurs purs où vivre toutes désillusions dépassées.

C'est le vœu que je forme pour vous, ma petite colombe, avec toute la tendresse dont mon cœur est capable. Et j'y crois, car je crois en toi et aux miracles de la vie. Je t'embrasse.

Dimitri

C'est une bonne lettre, douce à lire. Elle l'a rangée soigneusement, à côté du calendrier des marées.

Bien sûr que les miracles existent. En début de saison peu de bateaux circulaient sur l'Ob. Quelque temps après l'accident, l'instituteur de Salekhard s'était résolu à l'envoyer à l'orphelinat. C'était plus simple, il n'avait qu'un coup de téléphone à donner et les autorités viendraient la chercher. Mais une barge s'était présentée, qui devait livrer du sable à Ketylin et remonter avec du charbon. Du coup il s'était ravisé et il l'avait amenée chez Varvara. Ça existe, c'est sûr. Mais deux fois ?

Elle ne lui demande plus pourquoi il veut partir. Elle le sait. Petit à petit ses questions ont changé. Elles gardent la même forme dépouillée, mais leur champ s'est élargi. Ce soir-là, elle lui demande seulement :

– Vassia… pourquoi avons-nous perdu la guerre froide ?

Il trouve la question particulièrement difficile. Oh, il y avait bien des explications. Chacun y allait de la sienne, les économistes, les politiques. Les États-Unis avaient bien joué. Ils nous avaient entraînés dans une course aux armements sans fin où le pays avait laissé ses dernières forces.

Mais surtout ce système ne marchait pas. On avait eu le mérite de l'essayer. C'était même colossal ce qu'on avait fait là. On avait dit d'accord, on est tous frères, alors maintenant on va mettre ça en pratique. De force. Parce que pour contraindre les hommes à partager, il faut leur mettre un revolver sur la tempe. On avait osé assumer cette violence, et on n'avait pas essayé ça dans un petit phalanstère à la Fourier mais à grande échelle. On avait réalisé la plus gigantesque expérience de l'histoire. Eh bien ça avait raté. La violence nous avait échappé des mains et avait poursuivi sa course pour son propre compte. Le système économique s'était révélé un fiasco. Il engluait tout dans les tracasseries, l'inefficacité et le gaspillage, jusqu'à la paralysie complète. Et on avait perdu cette guerre étrange et glaciale, qu'on avait nous-mêmes instaurée.

Oui, chacune de ces explications était exacte à sa façon, mais chacune ne contenait qu'un aspect de la vérité. Or ce n'étaient pas des jugements partiels que demandait Léna. Elle cherchait une réponse qui aurait contenu toutes les autres, comme s'il y avait à cette défaite une cause plus profonde, plus solennelle, plus russe enfin. C'est celle-là que Léna voulait connaître. C'est peut-être aussi de celle-là que bientôt nous aurions tous besoin pour survivre à la débâcle, et dans l'épreuve rester ce que nous sommes, ce peuple imprévisible, généreux et déchiré, à l'aise seulement dans la démesure.

Il s'est détaché de la fenêtre pour se rapprocher d'elle. Il finit par lui répondre très doucement, avec une nuance d'amertume :

– Pourquoi nous avons perdu la guerre froide ? Parce qu'elle était froide justement. Nous, les Russes, nous ne gagnons que les guerres brûlantes.

C'est cette semaine que Vassia doit rejoindre la base de Tyuratam. Léna a quitté l'encadrement de la porte. Elle s'est assise avec les autres dans la cuisine. Elle le sent troublé, il n'en finit pas de tourner sa tasse dans ses mains et d'en triturer l'anse. Pourtant quand il se décide à prendre la parole, sa voix est claire et assurée. Il se penche vers les plus jeunes et s'adresse à eux comme pour une confidence qu'il aurait à leur faire :

– Le Héros, les enfants…, c'est important mais ça ne suffit pas. Il faut des personnages autour, des magiciens comme Tsiokolvski et Korolev, un roi débonnaire comme le brave Nikita… Mais des petits aussi, des anonymes qui nous ressemblent. Dans les temps jadis on n'oubliait jamais de mettre dans le récit un pauvre bougre, que rien n'appelait à y figurer, mais qui s'y trouvait projeté par hasard. À moitié transi de frayeur, le malheureux ramassait son courage pour jouer bravement le rôle qui lui avait été assigné par la fatalité.

Dans notre histoire, il y en a de cette sorte, et même plus d'un.

Il y a une paysanne qui travaille au kolkhoze La Voie de Lénine dans un coin perdu entre la Volga et le Kazakhstan. Ce matin-là elle se rend au labour comme tous les jours. Le temps est splendide. C'est une paisible matinée emplie des parfums d'avril, un jour tranquille où rien ne peut se passer. C'est pourquoi elle ne s'explique pas ce son, un étrange grondement, venant perturber cette belle orée de printemps. Elle jette un regard alentour mais les champs sont vides, personne n'y travaille à présent. Elle lève alors les yeux… Dieu du ciel ! Ses yeux ne voient plus ce qu'ils voient, ses jambes ne portent plus ce qu'elles portent. S'abattant des nuées, une boule de feu est apparue juste au-dessus de sa tête ! La boule descend, descend, et prend des teintes de gris étincelant tandis que le feu qui la dévorait s'éteint peu à peu. Une grande hampe blanche la surmonte, une sorte d'auréole qui s'affaisse quand la boule se couche à terre. La pauvre paysanne reste interdite et muette, pressentant que le pire est encore à venir. Le haut de la boule se soulève lentement, par à-coups, comme si quelque chose essayait à toute force de s'en dégager. Une sorte de couvercle bascule au sommet de cette sphère infernale, et après plusieurs tentatives, de là-dessous émerge une créature à taille et forme humaines toute de blanc vêtue. De visage elle n'en a point. En ses lieu et place la chose porte un heaume, noir par le devant, blanc dans son faîte. Ça y est, ça devait arriver. Seigneur Marie Joseph, par l'âne et le bœuf et la paille de l'étable ! Ça devait arriver ! Ils ont supprimé Dieu, ils ont arraché les icônes, ils ont détruit les églises. Et voilà, c'est sur moi que ça tombe.

La créature s'est extraite de la boule étincelante et fait mine de s'approcher. C'est maintenant qu'il faut se souvenir des simagrées d'autrefois. Absolument les retrouver. Elle se signe frénétiquement avec deux doigts, avec trois doigts, il y avait un problème avec ce nombre de doigts elle ne sait plus. La créature fait à présent de grands gestes et réclame un téléphone. Elle a ôté son heaume, découvrant un de ces visages ronds qui nous sont familiers. Une figure avenante somme toute. Après tout, qui peut juger des mystères d'en haut et d'en bas ? Un si long voyage… La métayère soulève un pan de sa robe, de son premier jupon, de son deuxième jupon, pour atteindre une petite poche de son troisième jupon où elle a remisé un morceau de fromage pour sa pause déjeuner. Elle le tend à la créature en lui assurant que c'est délicieux.

Elle est fort déçue par sa réaction. Ces gens d'ailleurs sont très mal élevés. La créature refuse son cadeau, elle prétend qu'il lui est interdit de manger quoi que ce soit avant d'avoir été examinée par les médecins. Elle ne s'intéresse qu'au téléphone. Profondément vexée notre métayère conduit ce malpoli jusqu'au bureau du kolkhoze, lequel possède l'engin qui le fascine tant. Ce qui est sûr, constate-t-elle en son for intérieur, c'est que les habitants des autres planètes ne sont pas moins extravertis que les Slaves. La créature s'est littéralement jetée sur l'appareil et hurle dedans : « Je suis vivant ! Je vais bien ! J'ai atterri sans problème ! Je vais bien ! »

Une demi-heure plus tard, elle voit débarquer un défilé impressionnant de voitures de l'armée, bientôt suivi d'une théorie de journalistes qui vont l'interviewer sans fin pour la radio et la télévision. Elle leur déclare avec aplomb qu'elle avait deviné dès le premier instant de quoi il s'agissait, et elle ne dérogera plus jamais de cette version. Quand l'histoire vous sollicite, il faut savoir se montrer à sa hauteur.

Il n'y a pas qu'elle à être ainsi requise par le destin. Il y a encore le bonhomme Gagarine, charpentier de son état, ancien partisan, qui pensait couler tranquillement ses jours de vieillesse. Ce 12 avril comme d'habitude, il prend le bac pour traverser la rivière qui sépare son isba du kolkhoze. Le passeur, il l'a vu naître. C'est un brave gars, même si aujourd'hui ça lui prend de le regarder par en dessous avec des airs rusés avant de lui demander brutalement :

– Dis-moi petit père, ton fils il s'appelle bien Youri ?

– Dame oui, j'ai un fils qui se prénomme Youri, puis un autre Boris.

– Et toi tu t'appelles bien Alexeï ?

– Damné sacripant ! Ça me connaît depuis trente ans et ça me demande si je suis bien Alexeï ! Allez, c'est la mémoire ou plutôt la raison que t'as perdue présentement ?

– Ce qui fait que ton fils, il s'appelle Youri Alexeïévitch Gagarine.

– Évidemment, pétard de bougre ! As-tu fini tes singeries ?

– Alors, dans ce cas, petit père, je t'annonce que ton fils, eh ben il est dans le cosmos !

– Dans le cosmos ! Voyez-vous ça… Arrête donc, imbécile ! Tu ne sais plus quoi inventer pour te moquer maintenant ? T'en as pas trouvé d'autres ?

– Mais je t'assure, père Gagarine ! Ils viennent de l'annoncer à la radio, ils ont arrêté toutes les émissions. C'est même Levitan qu'a fait le communiqué : « Le colonel Youri Alexeïevitch Gagarine a accompli avec succès le premier vol humain dans l'espace. » C'est ce qu'il a dit, je te jure !

– Bah, des Gagarine y en a en Russie autant que des champs de blé. D'ailleurs, c'est le colonel Youri Alexeïévitch Gagarine qu'ils ont dit dans la radio ? Alors là je suis bien tranquille. Parce que mon fils il est pas colonel, il est lieutenant. Et vlan ! La prochaine fois que tu voudras narguer un pauvre vieux, fais un peu attention aux détails, mon garçon.

Aïe aïe aïe, il a tort le petit père de se reposer là-dessus. C'est bien son fils qu'est parti dans le cosmos. Khroutchev a pris pendant le vol un décret exceptionnel bousculant les échelons hiérarchiques, et Youri qui a décollé lieutenant vient d'atterrir colonel. Mais ça franchement, il ne peut pas s'en douter.

Il va l'apprendre en descendant du bac. Le directeur du kolkhoze est là avec des officiels, des uniformes en pagaille, on le pousse dans une voiture, on le houspille, on l'engueule :

« Mais qu'est-ce que tu fiches dans ce bac, un jour pareil ! On te cherche partout ! Tu pars à Moscou, on t'attend au Kremlin ! Tout de suite, on est venu te chercher en voiture ! Et où est Anna ? Au Kremlin, rendez-vous compte... Khroutchev en personne ! Tout le pays ne parle que de ça et lui il est dans le bac ! »

Pas seulement tout le pays. Le monde entier ne parle que de ça. On est le 12 avril 1961, et le communiqué de Tass est tombé sur les téléscripteurs à 7 h 30, heure de Moscou. La profanation a eu lieu. L'espace n'est plus vierge. Et la première révolution autour de la Terre est soviétique.

En Occident la surprise a été moins grande que pour Spoutnik. L'espionnage américain s'était amélioré et des rumeurs couraient depuis une semaine. Malgré les démentis immédiats, c'était dans l'air.

Mais chez nous ce fut indescriptible. Des foules en liesse se déployèrent dans chaque ville, chaque village. Les gens hurlaient de joie, ils s'embrassaient, se serraient. Ils prenaient la tête d'un inconnu entre leurs mains en disant : « On le savait, petit frère, n'est-ce pas que tu le savais ? » C'était en pleine guerre froide, un an avant la crise de Cuba. Dans les écoles on avait équipé les enfants de masques à gaz. Et là on partait dans la rue sans service d'ordre, sans contrôle. On n'avait pas vu ça depuis la Révolution. Des manifestations spontanées, des banderoles qui surgissaient partout aux fenêtres, au bout des bras. La ferveur, la communion de tout un peuple. On était les premiers. Personne ne peut imaginer ce que cela représentait pour nous. En 1961 la plupart des adultes du pays n'avaient connu que la guerre et les privations, et pour la première fois ils touchaient de leurs mains calleuses cet avenir radieux qu'on leur avait promis, auquel ils ne croyaient plus. Alors petit frère, c'était donc vrai…

C'est le 14 qu'a lieu la cérémonie officielle. Leonov est arrivé juste à temps. Il revient de la station de poursuite du Kamtchatka, le point le plus extrême à l'est du pays, où on l'a chargé pendant le vol de maintenir le contact radio avec la capsule. Quand il pénètre dans la grande salle de réception du Kremlin, il a la sensation d'étouffer. Elle est tellement bondée qu'on peut à peine se déplacer. Tout au fond il remarque deux paysans gauches et gênés, auxquels personne ne fait attention. Leurs habits du dimanche sentent encore la naphtaline. Il va les saluer, il a reconnu facilement les parents de Youri : ils ressemblent étonnamment aux siens.

Des deux vieux, c'est Anna l'ancienne vachère qui s'adaptera le mieux à la célébrité. À sa demande, le Parti va lui fabriquer un papier à lettres spécial portant comme en-tête « Mère du premier cosmonaute de l'histoire de l'humanité ». Elle n'utilisera plus que celui-là, y compris pour passer ses commandes à l'épicerie…

Pour l'instant ils bavardent volontiers avec Leonov. On vient de leur donner de bonnes nouvelles. Les médecins ont examiné leur fils sous toutes les coutures. Rien ne cloche. Il semble bien qu'il n'y ait là-haut ni ondes toxiques, ni particules délétères, ni maléfices d'autre nature. Ils lui ont rendu sa liberté, il ne saurait tarder.

Il arrive enfin. Lorsque sa voiture s'arrête sur la place Rouge, des milliers et des milliers de personnes massées depuis des heures l'acclament d'une seule voix. Il descend, lève la tête, et parcourt les innombrables fenêtres qui ornent la façade du Kremlin. Il voudrait s'adresser du regard à l'homme qui doit se trouver derrière l'une d'elles, seul dans un bureau, caché par une vitre sans tain. On ne lui en laisse pas le loisir. La foule est en délire. Ce sont des hourras, des bravos, des vivats sans fin. On le pousse en avant. Dès ce jour-là probablement, Gagarine comprend que la gloire a des semelles de plomb et qu'elle va le clouer sur terre. Il est devenu une icône. On va le couler dans tous les métaux, le reproduire en médaille, en porte-clés, en timbre. On va l'incruster dans le chocolat, le représenter en tapis arménien, en bol tadjik, en mosaïque ouzbeke. Il ne volera plus jamais.

C'est aussi ce jour-là que les autres ont compris la chance qu'ils avaient eue de ne pas être choisis. Ils vont partir plusieurs fois. Ce sont eux qui vont réaliser le programme qu'un illuminé a rêvé en 1903 : construire une station orbitale. Donner à l'immense Empire russe, territoire continu qu'aucune mer ne divise, sa première colonie. Une colonie hors de la terre.

Il reste bien des étapes à franchir pour y parvenir.

D'abord, savoir si on peut s'acclimater vraiment. Youri n'a fait qu'une seule révolution, une heure quarante-huit de vol. L'homme sans nom fait tomber les records les uns après les autres. Petit à petit, il compte la durée de séjour dans l'espace en jours, puis en semaines, puis en mois.

Et puis il y a les futurs arrimages, et c'est un sacré problème. Avant d'envisager de les accrocher, il faudrait déjà que deux vaisseaux arrivent à voler de concert. Un an après Gagarine, le Constructeur fait partir Popovitch et Nikolaïev en même temps, sur deux orbites différentes. Il a réussi le premier vol couplé.

Il n'oublie jamais Tsiolkovski, ni sa vision d'une humanité essaimant avec bonheur dans le cosmos. « Les deux sexes ont construit ensemble l'humanité, avait-il écrit, c'est leur harmonie qui l'a faite ce qu'elle est. Ils ne pourront vivre dans l'espace l'un sans l'autre. » L'année suivante décolle Valentina Terechkova. Elle confirme que l'Univers accueille la féminité avec la même bienveillance qu'il a montrée envers le masculin. Les mânes de Tsiolkovski peuvent reposer en paix. Si nous colonisons l'espace nous le ferons ensemble, homme et femme réunis, indissociablement.

Il reste une étape cruciale : une station spatiale subira forcément des avaries. On doit pouvoir la réparer en vol, sinon le projet est impossible. Pour cela il faut sortir. Il faut qu'un homme seul au milieu de l'univers, sans autre protection que son dérisoire scaphandre, soit capable d'y survivre et d'y travailler.

C'est à Alexeï Leonov que fut réservée la plus belle première. C'est Aliocha le peintre, celui qui caressait son avion, qui fut le plus chanceux de tous.

La première sortie hors d'un vaisseau. L'espace à nu, sans vitre ni obstacle. C'est cela qui lui a été dévolu.

Son copilote Pavel Belaïev a fait le vide dans le sas. Il s'approche de la porte. Lorsqu'elle s'ouvre, un flot de lumière crue jaillit, presque insupportable. Le soleil là-haut ne ressemble en rien à celui que nous connaissons. Il n'a ni auréole ni rayons : c'est une fantastique boule de feu.

La sortie a été prévue d'une durée de dix minutes exactement, avec des exercices à faire. Il les exécute et constate que tout est fatigant là-haut, au moindre mouvement le cœur s'emballe. Alors Aliocha s'est reposé. Il s'est étendu les membres en croix, au-dessus de la terre. Douze minutes, le temps est dépassé. Son compagnon l'appelle mais il ne répond pas. Il n'a pas envie de rentrer. Il écoute le silence. Il est bien plus profond que celui du fond des mers. Il n'y a même pas de vent là-haut, rien que le vide. C'est un silence comme il n'en existe pas sur la terre. Il a peur de le profaner.

Insensiblement il est passé sous le vaisseau. Belaïev l'a perdu, il panique : « Aliocha, je ne te vois plus, où es-tu ? Ça fait quatorze minutes, il faut rentrer maintenant ! Aliocha, réponds-moi ! »

Leonov ne répond pas. Des souvenirs lui reviennent. Quand il était petit garçon, il restait toujours le plus tard possible dehors, à jouer. Sa mère s'inquiétait, elle ouvrait la fenêtre et l'appelait : « Aliocha, le repas est prêt, rentre ! Aliocha, où es-tu, il fait noir ! Il faut rentrer maintenant ! »

Vassia s'interrompt. C'est difficile d'aborder la fin du récit. Il se sent triste, comme si en l'achevant il allait déjà se séparer de Léna. Il réchauffe ses mains à sa tasse de thé chaud. Il en boit plusieurs gorgées avant de reprendre :

– Il ne reste plus qu'à accrocher deux vaisseaux pour réaliser une station : on met Saliout 1 sur orbite.

Le Constructeur en Chef des Vaisseaux Spatiaux n'aura pas assisté à cette première-là, avec une pièce de deux kopecks dans sa poche. Il a un nom désormais : il est mort. Mais dans des antres secrets il a formé des kyrielles de sorciers à son image, préparateurs de philtres, faiseurs de cantermes, qui trouvent les possibilités de Saliout trop médiocres pour le rêve qui leur a été transmis. Ils lancent une station nouvelle, un gigantesque mécano, qui peut recevoir cinq modules et deux vaisseaux. Ils lui choisissent un nom à double sens : Mir.

Depuis, des équipages décollent régulièrement pour s'arrimer à l'un de ses bras. Ils s'y relaient, on les remplace. Depuis, régulièrement des officiers en civil s'approchent d'un pilote sur le tarmac, lui tapotent l'épaule et lui demandent : « Dites-moi, camarade, ça vous dirait à vous d'aller plus haut ? » Et tous comprennent qu'on recrute pour les prochains vols sur Mir.

III

LA MARCHE

Cela s'est passé à peu près comme Léna l'avait prévu. C'est ainsi que les choses se déroulent. Un événement va arriver et on le redoute. On essaye de se préparer. On craint tellement de ne pas réussir à faire face. On demande aux gens, on essaie de parler avec eux, mais ce qu'ils ont vécu ce n'est pas vraiment pareil et leur expérience ne sert à rien. On serre son courage, on a tout le temps peur. On finit par avoir hâte d'être dedans parce que s'angoisser comme cela à attendre devient insupportable. La pensée travaille trop. Des fois on se dit qu'on exagère, qu'on se fait des idées, que ce ne sera pas si difficile. Puis ça arrive, et ça correspond exactement à ce qu'on avait imaginé de pire.

À l'édition du soir, un journaliste souriant a annoncé que le lancement s'était déroulé de façon parfaitement normale. Après un arrimage sans problème, le nouvel équipage composé de Volianov, Lebedev, et du commandant Matinski avait pris possession de la station Mir pour un séjour de six mois.

Léna le savait déjà. À 14 h 15 un officiel lui avait téléphoné de la base de Tyuratam pour lui communiquer la nouvelle, avec le même texte pratiquement et la même voix impersonnelle. Voilà. Le plan de vol a été respecté à la lettre. Son mari est enfermé dans un boyau minuscule qui tourne sans fin à plusieurs centaines de kilomètres au-dessus de la terre. Tout est parfaitement normal.

C'est l'homme qu'elle aime. Un garçon qui racontait n'importe quoi, qui parlait de codes transpondeurs, de régulateurs d'assiette. Mais il avait un sourire chaud comme un matin d'été. Il venait tous les soirs la chercher à l'Institut après les cours et un jour qu'ils se promenaient le long du fleuve, il l'avait prise dans ses bras en l'entourant entièrement. Elle avait senti que cet ancrage-là était sûr.

Le seul espoir de survie quand la glace cède sous vos pieds, c'est de lancer au loin un crochet, un harpon, n'importe quoi qui puisse tenir un peu, et d'essayer de se hisser tout doucement, à plat, en rampant sur la plaque. Le problème c'est le traîneau. Les affaires qu'on tire derrière soi, parce qu'on ne peut vivre sans, la tente, le duvet, le réchaud. Ou encore la petite balle rouge qu'on trimbale partout. Quand la glace se rompt, si le traîneau part aussi c'est fini. Il vous entraîne vers le fond de tout son poids. Il faut le détacher, il n'y a pas d'autre façon de s'en sortir. Mais pourquoi a-t-on attaché ce harnais si serré ? Et plus le traîneau s'enfonce, plus il resserre le nœud. La durée de survie dans l'eau est de trois à quatre minutes, pas plus. On n'y arrivera jamais avec ces énormes gants. Les enlever, c'est dire adieu à ses mains. Elles auront gelé avant même qu'on ait fini de délacer la courroie. Tant pis. On enlève les gants. C'est ce qui avait sauvé Igor le menuisier quand le printemps l'avait trahi lui aussi et que l'Ob avait cédé pendant qu'il le traversait, heureusement à trois kilomètres de Ketilyn. Quand il était arrivé au village, ses vêtements congelés formaient autour de lui une sorte de scaphandre blanc et rigide. Il marchait là-dedans comme un robot, avec ses deux mains livides et raidies devant lui, les doigts dressés en baguettes de tambour, prêts à casser comme du verre. Dans les semaines suivantes, ses doigts étaient devenus noirs. On coupait au fur et à mesure ce qui avait pourri. À l'été il ne lui restait plus que deux moignons mais il était vivant. Il avait sauvé sa peau en larguant le traîneau avec toutes ses affaires dedans, les petites choses à lui auxquelles il tenait tant, d'aujourd'hui et d'autrefois, tout son passé.

C'est cela qu'elle n'avait pas voulu faire. Elle avait cru que Vassia avait suffisamment de force et qu'en s'accrochant à lui, il arriverait à haler le tout, elle et ce passé qu'elle portait, si lourd, dont elle cherchait sans fin le souvenir en restant immobile sur la chaise.

C'est cela que faisait le pays maintenant. Il larguait son passé. Avec rage, avec allégresse, dans un déluge de paroles libérées. Cela avait commencé avec la perestroïka, doucement au début. Un peu étonnés, un peu timides, les gens avaient commencé à parler. Les récits venaient au jour, dans les couloirs des logements, dans les lavabos au travail. On se les répétait, et d'un voisin à l'autre ils prenaient de l'ampleur. Et puis c'était parti en vrille. Chacun s'était mis à raconter ce qui lui passait par la tête avec une excitation furieuse. Les rumeurs les plus folles prenaient. On allait rationner toutes les denrées et fermer les écoles. Les vapeurs de Tchernobyl étaient arrivées à Vladisvostok quatre ans après et y avaient tué 100 000 personnes. À une réunion électorale, une femme invectivait violemment Sobtchak. « Quelle honte, criait-elle, sa femme gît à l'hôpital et lui il est là à ramasser des voix, il va la laisser mourir seule et il voudrait qu'on lui fasse confiance. » La foule choquée se détournait, si bien que l'épouse de Sobtchak qui était dans l'assistance avait fini par se lever et montrer sa carte d'identité, en demandant à la mégère pour le compte de quoi, ou de qui, elle racontait de telles insanités. Mais pour personne. Ça sortait des gens, c'est tout. Ils parlaient sans arrêt, sans aucun souci de vérité. Puisqu'ils avaient enfin droit à la parole, ils se jetaient dessus. De la même façon que sur les gazettes, qu'ils s'arrachaient dès leur sortie comme des affamés. Mais les gazettes aussi racontaient n'importe quoi. Elles mettaient les morts de Staline aux enchères. Huit millions disait un journal, vingt millions affirmait un autre le lendemain, trente-cinq millions hurlait un troisième que personne n'avait osé dépasser, comme s'il y avait tout de même une limite. En fait il n'y en avait plus. La parole n'avait plus de valeur. Elle bondissait dans une course folle qui n'avait plus d'autre but qu'elle-même. Ça ne ressemblait pas à un dégel, plutôt à un barrage qui se rompt après trop de contention. L'Histoire était en crue. C'est ce que disaient les analystes occidentaux là-bas en Europe, installés dans des fauteuils larges et profonds un verre de cognac à la main, à l'abri de l'inondation. Pour les noyés, c'était une autre affaire.

On avait atteint une sorte d'acmé quand le gouvernement avait annoncé que les examens d'histoire n'auraient pas lieu parce qu'il fallait refaire les manuels. C'est là qu'on avait pris la mesure du vide de passé dans lequel on était plongés, et de l'apnée que cela représentait. Les fariboles avaient repris de plus belle. Quand on n'a pas de mémoire en soi, et pas d'avenir devant, il faut bien inventer.

La parole du temps de l'Union soviétique, ce n'était pas pareil. Elle avait un statut. Paradoxalement elle était très fiable. Il y avait un discours officiel, qui décrivait une néo-réalité sans aucun rapport avec le réel. Et chacun le savait. À l'opposé, il y avait la vie quotidienne qu'on partageait tous. Son vocabulaire était très différent, mais tout aussi répétitif.

Le Discours était l'apanage du Pouvoir. Imperturbablement, il se déroulait et fabriquait sa vérité avec une capacité productive qui avait fini par ne plus nous étonner. L'effort déployé par les travailleurs socialistes, disait-il, grâce à leur foi inébranlable en l'avenir glorieux du communisme et leur dévouement à leur Parti, avait permis cette année encore de dépasser le Plan et de battre le record de tonnes de céréales. Or dans les magasins, il n'y avait plus de pain à partir de midi. Et si une voisine racontait qu'un stock de saucissons avait été livré dans un magasin de la rue Kroupskaïa, qu'elle l'avait su par une collègue de travail qui habitait le quartier, il fallait se précipiter.

Les deux réalités coexistaient, formant un alliage absurde mais étonnamment solide. Maintenant l'alliage avait éclaté en une multitude de racontars personnels et fantastiques.

Était-ce pour s'approprier une parcelle de pouvoir que chacun inventait des faits délirants ? Pour posséder un peu les mots aussi. Parce que c'est cela que nous avait donné la Révolution, en apprenant à lire à un peuple analphabète dans sa quasi-totalité : le pouvoir des mots. Parce que c'est sur eux que le régime avait bâti son propre délire. Il utilisait un lexique que personne n'avait osé utiliser auparavant. Et grâce à lui, il prétendait établir le règne de l'homme sur la Terre et domestiquer les éléments. Quand il décidait la construction d'un barrage, il ne se contentait pas d'employer plusieurs milliers de condamnés à bâtir une immense retenue sur le cours de l'Angara. Il avait besoin de lui parler. Avant le début des travaux, il érigeait le long du fleuve de gigantesques panneaux où un travailleur menaçant proclamait : NOUS TE VAINCRONS, ANGARA ! Dix mètres sur quinze, le bras tendu vers l'avant et la figure sévère, apostrophant la Nature. Nous étions-nous assez moqués de ces affiches colossales qui parsemaient notre environnement ? Elles contenaient l'essence même du communisme, sa dérision et sa gloire.

Il était naturel que ce pouvoir qui avait tant aimé les mots les entraînât avec lui dans sa désintégration. Au début c'était l'espoir qui avait guidé la libération de la parole. Elle s'était faite dans une joie débridée, une jubilation partagée par tous. On avait tant envie d'y croire. Mais la liesse initiale avait déjà disparu. À présent les mots n'avaient plus ni sens ni but, on les entendait rouler dans les rues, tournoyant et s'entrechoquant au hasard. Tous ces propos se répandaient dans l'air comme un gaz et diffusaient une angoisse sourde qui s'infiltrait en chacun. Ce n'était plus l'espérance leur compagne, c'était une espèce d'excitation tendue et délétère. Léna, trop perméable, le percevait plus vivement que les autres. Et c'est dans cette atmosphère qu'elle doit vivre l'abandon de Vassili et son départ vers un endroit où le vide ne transmet aucun écho.

Avant de partir, il lui avait laissé en viatique ce récit de la conquête spatiale, qu'il avait passé des mois à raconter. C'était sa représentation à lui, le visage de l'Union soviétique qu'il avait choisi de retenir. Elle en avait tant entendu ces derniers temps, des versions. Pourquoi celle-là serait-elle moins valable qu'une autre ? La plus gigantesque expérience de l'histoire avait coûté des millions de morts, elle était sur le point de se terminer en désastre. Les analystes étaient dans les choux et n'avaient plus qu'à laisser la place aux interprétations individuelles. Varvara avait la sienne, les voisins aussi, celle de Dimitri était encore différente. Chacun dressait son portrait. Or il n'y avait qu'un seul point commun à cette multitude de traductions : Nous n'avions pas d'explication à notre aventure.

Léna avait compris ; ils avaient raison. Igor le menuisier, et le pays maintenant : c'est eux qui avaient raison. Quand on a un passé terrible ou irrémédiablement perdu, il faut le larguer.

La vie qu'elle menait avec Vassia ne reviendra jamais. La vie du temps qu'il était pilote dans une base militaire et qu'elle ne savait pas ce qu'il y faisait ni quand il rentrerait. À l'attendre ; à l'aimer assise sur une chaise ou en traversant la ville à pied ; à rêver vaguement de son retour.

Sa vie de petite fille a disparu pour toujours. C'est si confus. Des fragments de souvenirs flous, difficiles à retrouver. Parfois elle arrive à distinguer son père en train de poser son sac dans l'entrée. Il est de retour après plusieurs semaines de pêche en mer de Kara, il sent encore le poisson. Il prend sa fille dans ses bras, il la fait sauter en l'air, de plus en plus haut, et sa mère pousse de petits cris de peur. Mais l'image s'éteint, elle n'arrive plus à la rattraper.

C'est la nuit, quand elle ne cherche pas et qu'elle dort, que les souvenirs reviennent. Dans des cauchemars, où elle est toute seule sur un rivage. Elle attend, il fait très froid et personne ne vient. Et plus elle attend, plus il fait froid. Un pêcheur passe, il la ramasse et la serre contre lui, elle ne veut pas qu'il l'emmène, elle sait qu'elle doit rester là à attendre, mais elle a trop froid pour lutter. Dans des rêves merveilleux, où sa mère l'emmène dans la toundra suivre la transhumance. Elle l'attache dans son dos et la recouvre de son capuchon pour la protéger du givre. Son père est à côté, il dit qu'il faut être prudent, que l'hiver est encore là et l'enfant petite. Sa mère rit et répond dans une langue âpre qu'elle comprend mal. Puis elles partent. Il fait bon sous le capuchon mais on est dans la pénombre. Elle s'accroche, pousse des deux pieds sur le sac qui l'enveloppe pour se redresser. Ça y est, elle voit le spectacle mirifique : la grande étendue blanche qui scintille, et les lumières boréales ivres qui dansent devant le traîneau de tête. Elle avance sa petite main, attrape le menton de sa mère et le tire vers elle. « Elles brillent, maman, les lumières elles brillent ! » Sa mère tourne la tête, elle revoit son visage doré avec une incroyable acuité, elle se colle contre sa joue chaude et douce… Elle est là, elle l'a retrouvée.

Elle se réveille, une douleur aiguë la traverse. Elle se met à pleurer et sanglote longtemps. Elle ne se rendort qu'au petit matin, en pensant écrire à Varvara qu'elles sont enfin sorties, ces larmes qui ne sortaient jamais.

Elle n'est pas tout à fait seule. Aniouchenka veille sur elle. Elle y met une patience, une douceur, qu'on n'aurait pas soupçonnées chez le fougueux diablotin qui caracolait dans les escaliers. Avec la perception instinctive des enfants, elle sait d'avance. Elle se lève sûrement dans le noir et personne ne l'entend. Mais après les nuits particulièrement dures, Léna trouve la petite couchée dans son lit au matin, un bras passé autour de son cou. Elle incline la tête et se serre contre elle doucement pour ne pas la réveiller. Elle caresse les petits cheveux bouclés, les respire. Ils sentent bon. Est-ce un viatique encore que Vassia lui a laissé ? Ou bien un message. C'est là qu'est blottie la vie. Dans ce corps tiède d'enfant.

Elle a demandé un congé, et effectivement on n'a pas opposé de refus à l'épouse d'un cosmonaute. Mais les démarches ont traîné en longueur comme d'habitude. Elle aurait voulu partir au milieu du séjour de

Vassia comme on prévoit une escale dans une longue traversée pour l'avitaillement indispensable, pour faire de l'eau et des vivres avant de continuer. Mais à force de paperasseries, d'autorisations et de tampons manquants, ce mi-temps a été largement dépassé. Tout de même elle a fini par réunir les signatures. Elle est assise sur le lit, elle a ses billets dans la main. Il y a un bout de passé qui n'est pas perdu, qu'on peut retrouver vraiment, qui l'attend là-bas à Ketylin.

– Alors vous voilà enfin… Évidemment que je suis venu vous chercher, je risquais pas de vous manquer. Ça fait déjà trois jours que les deux vieux m'envoient sans arrêt au débarcadère voir si par hasard le bateau aurait pas de l'avance. Ça pour être attendue… Mais qu'est-ce que vous avez mis là-dedans pour que ce soit si lourd ? Portez pas ça, Eléna Vladimirovna, vous allez vous casser les reins. Laissez-moi faire. Oh je vous demande pardon, j'arrive plus à vous appeler par votre petit nom. Faut pas se vexer, Lénotchka. C'est qu'ici vous êtes une dame maintenant. Un cosmonaute, pensez-vous ! Dans notre village ! Il est même venu des journalistes. Ils ont essayé d'interroger Mitia mais ils n'ont pas pu en tirer un mot. Alors ils se sont adressés à Varvara et là l'inverse, impossible de l'arrêter. Elle leur a raconté votre enfance, comment elle vous a recueillie, le mariage, elle leur a même montré vos lettres. On a eu un grand article dans la gazette du district. Varia l'a accroché au mur de l'isba, dans un cadre avec des dorures autour.

Ah ça le chemin s'est pas arrangé, non. Qu'est-ce que vous voulez, on n'a plus d'argent pour l'entretenir. Il y a plus de trous que de route à présent. Enfin on monte quand même, le courrier il a point de jambes pour marcher, il va pas se porter tout seul.

Allons, voilà que vous pleurez maintenant. C'est l'Ob qui vous fait cet effet. Oh il y a un mois environ que les bateaux passent. Les bernaches et les labbes sont arrivés depuis huit jours. Oui, le communisme il paraît que c'est fini, mais l'Ob gèle puis dégèle, les oiseaux reviennent, et ça c'est pas près de se terminer. Voilà le dernier virage. Regardez ! Varvara nous a vus arriver, elle est à la barrière qui vous fait des grands signes.

Là rien ne s'est passé comme Léna avait imaginé. Elle croyait qu'en se tenant bien droite, ça irait. Mais ce n'est pas allé du tout. En fait elle a craqué exactement comme l'Union soviétique, comme une rupture de barrage. Ça a commencé après le deuxième virage quand elle a aperçu l'Ob comme elle le voyait quand elle descendait à pied à l'école. Après il y a eu la clôture en rondins avec l'isba fumante derrière, et Varia qui s'est précipitée sur elle en la serrant à l'étouffer…

– Lénotchka, ma petite colombe, mon sucre d'orge, mon miel, elle est arrivée ! Mais remuez-vous donc Dimitri, ça pèse un âne mort ces bagages ! Heureusement que le facteur est là parce que si on devait compter sur vous. Entre donc boire un verre l'ami, on a de la vodka de réserve pour fêter ça. La petite qui est là… Quel bonheur ! Elle a pas un peu maigri, des fois ?

On est entrés dans l'isba les uns après les autres, en traînant les valises et en poussant Lénotchka qui sanglotait des cataractes. On s'est attablés, on a installé la petite au milieu pour qu'elle soit bien à son aise pour pleurer. Va mon oisillon, a dit Varvara, vas-y à volonté, ce sont de si bonnes larmes celles qu'on verse quand on est rendu chez soi. Après on a sorti la vodka et on s'est mis à dégoiser. Parce que ça sert à quoi la vodka et les retrouvailles, si c'est pas pour bavasser un bon moment ensemble ?

– Pour sûr que ça lui donne des émotions, a dit le facteur. Pensez donc, elle n'est pas venue depuis son mariage ! Ça fait au moins cinq ans.

– Six, a corrigé Varvara, six ans ça fait. Il a fallu qu'on lui spoutnike son mari pour qu'elle se souvienne de nous. Mes garçons c'est pareil, on peut pas dire qu'ils visitent souvent leur mère. Faut les comprendre… avec le prix des billets ! C'est trop grand ce pays, c'est démesuré à la fin ! C'est ça qui nous porte sur le système. J'ai lu quelque chose là-dessus dans un des livres de Dimitri : le problème en Russie, qu'y avait écrit, c'est que 5 000 kilomètres séparent une idée de la suivante. Oui, c'est des livres d'intellectuels petits-bourgeois, il n'y a que les idées qui les intéressent, ça leur est bien égal que pour les familles ce soit pareil. Laissez ces paquets Mitia, on les ouvrira tout à l'heure. Regardez-le donc tourner autour des bagages. C'est pas tellement pour voir ce qu'il y a dedans, c'est pour cacher qu'il a les yeux tout mouillés lui aussi. Et alors il n'y a pas de honte, aujourd'hui c'est pas un jour comme les autres ! Venez vous asseoir avec nous, on vous a versé une bonne rasade. Et toi aussi mon chaton duveté, arrête de saler ton verre avec tes larmes, bois-moi ça cul sec. Allez, on va trinquer au retour de la petite.

Alors on a trinqué au retour de Lénotchka. Puis à la Russie gigantesque, et aux milliers de kilomètres qui séparent les familles et les idées. Puis à son avenir. Et à nos glorieux cosmonautes. Dimitri a exigé de porter un toast à la démocratie naissante. Varvara a accepté à condition qu'immédiatement après on boive au communisme qui avait fait de ce pays ce qu'il était. Et permis aux démocrates aujourd'hui de pavoiser, et de faire les malins. Léna a balbutié qu'il ne fallait pas oublier notre Mère la Terre humide, qu'elle méritait bien qu'on lui porte un toast. On en a convenu mais cette dernière rasade l'a achevée. On en était au septième verre de vodka et après les fatigues du voyage, puis les émotions, elle s'est retrouvée dans un état de quasi-coma. Il a fallu la porter, bégayante et larmoyante, jusqu'à son lit. Vu qu'elle était dans un état à rouler par terre dans la nuit, on a décidé de la coucher plutôt dans celui de Varvara, et on l'a bordée soigneusement. Après quoi on est retourné à table parce que le facteur a souligné qu'on n'avait pas bu au courrier, que c'était quand même ça qui reliait les hommes, et qu'est-ce qu'on deviendrait sans lui je vous le demande.

On lui a accordé un mois. Deux jours de voyage aller, autant pour le retour, il lui restait trois grandes semaines. Elle s'est laissée aller complètement. Elle s'est laissé porter.

Le jour elle marchait avec Mitia. C'était la fin du printemps, le moment où malgré l'air encore froid, la neige vaincue ne s'accroche plus que par plaques dans les coins d'ombre. Ils partaient à pied tôt le matin, pour de grandes balades le long de l'Ob. Ils parlaient peu. De temps en temps, Léna se baissait pour ramasser un caillou ou montrer une strate géologique dont elle se rappelait le nom, qu'elle citait pour lui faire plaisir. Il était si fier qu'elle eût conservé en mémoire ces mots savants et inutiles qu'il lui avait appris. Ils déjeunaient assis sur une pierre, d'un casse-croûte où Varvara avait glissé discrètement quelque friandise. S'il faisait beau, ils s'allongeaient ensuite un moment pour profiter du soleil, en s'étonnant de son pouvoir réchauffant. L'ancien s'accordait une petite sieste. Puis ils revenaient à pas lents, et arrivaient à l'isba dans le milieu de l'après-midi. Oncle Mitia sortait les traîneaux de l'appentis pour procéder à leur entretien annuel. Il les examinait avec le plus grand soin, traquant les méfaits du gel, surtout sur les patins qui s'usent si vite. Léna, assise près de lui, graissait les courroies de cuir. Non loin de là Varia bêchait, plantait, s'activait au potager. Par chez nous quand on veut faire pousser quelque chose, on n'a pas beaucoup de temps devant soi. Deux mois de belle saison, guère plus. Enfin les patates viendront bien quand même, si on fait ce qu'il faut.

Ils avaient les mêmes gestes qu'elle leur avait toujours connus. Pourtant ils avaient vieilli. Beaucoup plus vite ces dernières années que dans les vingt ans précédents. À cause de la maison vide, des enfants partis ? Ou de l'ébranlement qui secouait le pays dont ils ne verraient pas l'issue ? À cause de l'âge tout simplement, grommelait Varia. La vieillerie, ça prend tout le monde. Crois-tu que tu y échapperas ?

Elle regardait leurs gestes ralentis. Elle comptait les pauses que faisait Varvara, accoudée à sa bêche, et les trouvait bien plus fréquentes qu'avant. Elle réalisait à quel point elle avait vécu jusqu'ici dans le sentiment de leur pérennité. Elle reposait sur eux comme un navire sur son ber. De même tout ce qu'elle avait pu construire dans sa vie, c'est-à-dire son amour avec Vassia car qu'avait-elle construit d'autre, était appuyé sur eux. Elle n'avait jamais imaginé devoir un jour vivre sans cet étai. Avec la distance, le rythme continu des lettres estompant le temps qui passe, et surtout le besoin qu'elle en avait, elle avait fini par oublier qu'ils étaient âgés et fragiles. Elle se rendait compte que cette tranche de sa vie elle aussi allait bientôt disparaître. Elle n'avait pas envie de fuir cette échéance, ni de s'asseoir quelque part pour en nier l'approche en s'enfermant dans une carapace de songes. Au contraire. Elle prêtait attention à leurs mouvements, leurs intonations, leurs phrases. Elle engrangeait précieusement dans sa mémoire chaque instant de ce long séjour. Elle ressentait comme une très grande chance le fait de les voir décliner. Eux n'allaient pas disparaître en quelques secondes. En dernier cadeau, ils lui laissaient du temps.

C'est le soir qu'on causait. Le soleil ne se couchait plus guère, mais quand il baissait sur l'horizon le froid devenait sensible, et ils finissaient par rentrer. On s'installait à table et on se mettait à l'épluchage en devisant. On épuisait d'abord le sujet de la balade du jour, des crues de l'Ob, de l'été qu'on allait avoir.

Puis la politique arrivait sur le tapis. Mitia avait mis tous ses espoirs dans les démocrates et prenait leur parti avec véhémence. Alors ils se disputaient évidemment, mais sans vigueur et pas pour longtemps. En cela aussi, ils avaient vieilli.

– Je sais ce qu'ils vont nous amener vos démocrates, disait Varia en haussant les épaules, je le vois comme si j'y étais. On va devenir comme à l'Ouest. C'est ça que vous voulez ?

– Arrêtez de défendre l'indéfendable, rétorquait oncle Mitia. Ce système écrase les gens, il les brise comme des fétus de paille. Plus personne n'en veut. Les gens veulent vivre, exister enfin !

– Ah, exister ! En voilà une revendication… Ils en ont de l'importance les gens maintenant, pour avoir des requêtes pareilles. Et puis après ? Quand ils existeront, ils vont aller où avec leur existence sous le bras ? Il y a une petite chose qu'ils ont oubliée : les hommes, ça marche sur deux pattes, mais ça ne tient pas debout tout seul. Il faut mettre une armature à l'intérieur, un genre de bâton en bois comme dans les poupées de chiffon que fait Agafia pour vendre au marché. Parce que sinon ça vaut rien du tout, c'est tout mou et ça s'effondre. Eh bien les bipèdes, c'est pareil : il faut que ça croie à quelque chose. Il y faut un idéal à l'intérieur, quelque chose de plus fort que nous, qui vaudrait mieux que nos petites personnes ! C'est ça qui tient le tout.

– Et quand on l'a perdu ? demanda Léna. Qu'est-ce qu'il se passe quand on l'a perdu ?

– Ah, ma pauvre petite fille ! C'est un grand malheur. C'est comme si on avait perdu son âme…

– En ce qui nous concerne on n'a plus rien à perdre, coupait oncle Mitia. Ça fait bien longtemps que l'idéal communiste ne tient plus personne. Alors vienne n'importe quoi, même le chaos, ça sera toujours mieux.

– Attendez un peu qu'il soit là le chaos, ça va pas tarder avec vos andouilles de démocrates. Vous m'en direz des nouvelles. À force de secouer le cocotier, ils vont bien finir par en faire tomber quelque chose. Seulement c'est pas sûr que ce soit la démocratie.

Léna les écoutait distraitement. Elle pensait à Vassia, au regard vide qu'il aurait au retour. Elle insista :

– Varia, qu'est-ce qu'il se passe quand on a perdu son âme ?

– Eh bien… c'est difficile à expliquer. On s'agite, mais pour rien. Chez les Nénètses, on raconte que l'âme détachée se met à courir en tous sens à travers la toundra. Elle erre seule, abandonnée. On a beau l'appeler, elle ne revient pas, elle ne reconnaît plus son propriétaire. C'est ce qui est arrivé aux gens du monde libre à mon avis, c'est la raison pour quoi ils se remuent comme ça toute la journée. Ils courent à la poursuite de leur âme. Et comme ils n'arrivent pas à la rattraper, forcément ils s'arrêtent jamais.

– Vous voilà bien savante à présent, l'interrompit Mitia. Comment vous savez tout ça sur le monde libre, vous qui n'y avez jamais mis les pieds ?

– Oh, mais je suis maligne. Maintenant qu'ils nous passent des séries américaines à la télévision, moi je les regarde et je me fais mon idée. Ils sont là, chacun dans son auto puis après dans son logement. Une solitude, vous pouvez pas imaginer. Et un ennui ! On dirait qu'ils vont en crever sur place. Alors ils vont les uns chez les autres et ils disent des fadaises. Ou alors ils s'engueulent, ça fait un peu passer le temps. Après ils repartent dans leur auto. Et l'épisode suivant, ça pédale dans le vide à l'identique. Leurs institutions, leur politique, c'est pareil. Oui parce que je regarde leurs débats aussi, toutes les balivernes de la TV. Eh ben si c'est ça qu'ils en font de la liberté de parole, ça donne guère envie. Mais ma petite fille, tes yeux se ferment... Regardez-la Mitia, elle dodeline, elle va s'endormir à table !

Le soir Léna tombait de sommeil. En ville, elle avait perdu l'habitude de l'air vif qui régnait ici. Elle posait les assiettes dans l'évier, les embrassait, puis allait se coucher épuisée en les laissant poursuivre la discussion. Le premier jour, celui des retrouvailles, elle avait été réveillée au milieu de la nuit par une soif et un mal de crâne lancinants. Elle avait constaté avec surprise qu'elle était dans le lit de Varvara. La vieille ronflait à côté d'elle et dégageait une odeur un peu rance, délicieuse comme un souvenir d'enfance. Quand elle était arrivée chez eux, ils avaient fait de leur mieux pour lui aménager sa chambre. Ils avaient enlevé les affaires des garçons et mis sur les murs de jolies décorations, qu'ils avaient choisies après bien des disputes. Pourtant elle n'arrivait pas à dormir. Elle n'appelait pas. Mais à toute heure quand ils venaient la voir, ils la trouvaient silencieuse dans le noir, les yeux ouverts. Alors Varia l'avait prise avec elle. Elle avait dormi dans son lit toute une année, bercée par ses ronflements, lovée dans sa chaleur et l'odeur légèrement sure de son corps. C'est cela que son peu de résistance à la vodka lui avait permis de retrouver, et c'était si bon qu'ensuite elle n'avait même pas demandé son autorisation. Elle regagnait cette place chaque soir, et s'endormait aussitôt, baignée par le murmure de leurs voix qui lui parvenaient de la cuisine où ils continuaient à parler tous les deux, de plus en plus faibles, de plus en plus lointaines, au fur et à mesure qu'elle sombrait.

– Léna est encore partie se coucher dans votre lit, disait Mitia. Elle se reconstitue ici, elle profite autant qu'elle peut. Avez-vous remarqué comment elle nous regarde et nous écoute ? Elle a bien changé. Je ne sais pas ce qui lui arrive… Elle est plus douloureuse, mais plus présente qu'avant.

– Oh moi je sais, répondait Varvara. Elle dégèle, c'est tout. La pauvre petite, elle doit souffrir ! Ça doit lui faire comme à Igor le menuisier quand il est tombé dans l'Ob, vous vous souvenez ? Ou comme à tous les autres parce que des mains et des pieds gelés, on en a vu par ici. Ils ne se plaignent pas au départ, ils ne sentent rien. Mais quand on leur plonge les membres dans la bassine d'eau tiède et que la vie y revient, il y en a qui se mettent à hurler. Il paraît que la douleur est pire qu'un accouchement. Seulement il faut bien en passer par là pour que la chair se réveille. Eh bien pour elle c'est pareil.

Et vous savez ce qui va se produire ? Elle va devenir féconde. Dame, pour enfanter, il faut un ventre chaud. Il ne pousse rien sur un sol gelé. Dans le permafrost on n'a jamais trouvé que des cadavres de mammouths. C'est pas la peine de me regarder avec ces yeux ronds, Mitia. Rappelez-vous bien ce que je vous dis aujourd'hui, vous verrez si j'ai pas raison encore une fois. Elle ne souffre pas pour rien. Elle dégèle, et elle va devenir féconde.

Village n° 57, 15 mai 1992

Mes tendres et chers vieux,
mes amours,

Pardonnez-moi de vous avoir laissés si longtemps sans un de ces courriers que vous avez plaisir à lire ensemble. Mais vous m'avez déjà pardonné, j'en suis sûre. Si la bonté avait décidé de descendre sur terre, c'est vos deux visages qu'elle aurait pris.

Je ne sais si Tolstoï a raison. Peut-être que les familles heureuses n'ont pas d'histoire. Il a omis d'ajouter que le malheur absolu n'en a pas non plus. Voilà plus d'un an que Vassia est revenu. Les mois qui ont suivi ce retour ont été comme une note monocorde, tenue jusqu'à l'insupportable par une touche bloquée.

Je crois que je commence à sortir de ce cauchemar. Quand je me retourne vers cette période, je la regarde avec étonnement. Jamais je n'aurais pu la supporter sans vous. Je n'étais pas capable de vous écrire. Je vous appelais deux fois par semaine, le mercredi et le dimanche. Je ne vous parlais pas de ce désastre mais vous le sentiez sûrement à ma voix. Je m'informais du temps qu'il faisait, de votre santé, des gens du village. Nous avions des conversations banales qui me tenaient en vie. La plupart des Russes en étaient là d'ailleurs, devant l'avalanche qui déboulait sur eux. L'Empire partait en lambeaux. Ses membres nous quittaient, ils avaient proclamé leur indépendance les uns après les autres. Fin décembre, Gorbatchev a signé avec les Républiques fondatrices un accord qui commençait par cette phrase : « Nous constatons que l'Union des Républiques socialistes soviétiques a cessé d'exister. » Puis il a démissionné de la présidence de Russie.

Nous touchions le fond, Vassia et moi. Quand il est rentré, au début ça allait encore. Il a fait des allers-retours à la Cité des Étoiles pour le bilan du vol, le débriefing comme disent les Américains. Puis s'est posée la question de la suite. De ses chances de repartir. Avant oui, ils étaient presque tous sûrs de voler plusieurs fois. Leur formation coûtait cher, on la rentabilisait. Aujourd'hui on ne pouvait rien lui promettre. Il n'y avait plus d'argent. L'avenir de la conquête spatiale ? Mais il était aussi flou et incertain que celui de la Russie. On allait vendre ça au plus offrant probablement. On avait déjà commencé, pour payer l'entretien de Mir on avait trouvé quelques richissimes Américains prêts à dépenser une fortune pour passer huit jours là-haut. Le cosmos était une affaire commerciale maintenant. Comme le reste. La part du rêve, de nos jours… On lui conseillait la prudence. Il avait un bon poste. Si jamais l'armée s'effondrait à son tour, on aurait toujours besoin de pilotes dans l'aviation civile. C'était la voie de la raison.

Je ne peux pas dire qu'il n'a pas essayé. Il a tenté de reprendre son travail à la Base. Il ne racontait plus rien de ce qu'il y faisait, n'avait aucune joie à rentrer, aucune à y retourner. Fini les histoires dans la cuisine le soir. Il évitait les autres de toute façon. Il ne parlait plus à personne, à part à Anioucha qu'il gardait sur ses genoux pendant des heures. Il passait ses permissions enfermé dans le cellier, ou debout à la fenêtre près de l'arbre. Parfois il marchait de long en large dans la pièce. Le pire c'était son regard. Exactement celui que j'avais craint : vide, totalement absent. Et son apathie, son indifférence. J'ai tort de parler de note bloquée, en fait plus aucun son ne me parvenait de Vassia. Comme si tout s'était éteint en lui. Je l'ai soigné comme j'ai pu, vous m'aviez appris. J'ai eu la patience et l'attention dont Mitia savait qu'il aurait besoin au retour. Mais c'était dur. J'ai fini par préférer ses départs, et redouter ses permissions.

Je ne crois pas qu'il regrettait l'Union soviétique, il était trop conscient des monstruosités qu'elle avait engendrées. Mais il y a la manière. Elle contenait quand même des choses à sauver. Il y avait sûrement moyen de faire autrement que cette dégringolade. Ce coup d'État lamentable, dont on n'osait imaginer qui l'avait fomenté ou laissé faire. Cet éboulis répété qui finit par avoir raison d'une montagne et ne laisse qu'un tas de pierrailles pitoyables.

J'ai écrit à son ami Andreï, je l'ai supplié de venir. Peut-être pourrait-il quelque chose. Il a fait le voyage et passé quelques jours chez nous. Ils ont évoqué leurs souvenirs de classe, cela lui faisait un peu de bien.

Mais un peu, pas plus. Il a dit à Vassia : « Moi, je ne changerai rien. Je veux rester au fond des mers. Qu'ils s'agitent autant qu'ils veulent en surface, je refuse tout ce que je peux comme congés, je reste enfermé dans mon bunker avec la musique des flots. J'attends là-dessous qu'ils en aient fini. »

Avec moi il a été très gentil. Tu ne peux pas combler tout ce manque Léna, m'assurait-il, ça le tenait bien avant toi. Nous autres on n'y peut rien. D'ailleurs, tu as vu : nous avons cessé d'exister. Ce qu'il faudrait, c'est qu'il reste en contact avec l'espace d'une façon ou d'une autre, parce que sinon il va devenir l'ombre de lui-même. Mais comment ? Évidemment c'est facile pour moi. La mer, c'est tout de même plus à portée que le cosmos.

Cependant sa visite n'a pas été inutile. Elle a agi subrepticement sur Vassia, sur moi aussi peut-être. Ce qui fait que quand le hasard est entré en scène, nous étions prêts à l'accueillir.

Un jour il est rentré différent. Il avait envie de me parler, il y avait dans son regard une lueur que je n'avais pas vue depuis longtemps ; et dans sa façon d'arpenter la chambre, une forme d'assurance que je ne lui connaissais plus. Le soir il s'est assis près de moi sur le lit, il a attendu un moment, puis il s'est lancé :

« Léna, la première fois je ne t'ai pas demandé ton avis. Je ne l'aurais pas suivi. Je serais parti là-haut dans tous les cas, quitte à briser ta vie, sans me rendre compte que je brisais surtout la mienne. Je sais que j'ai l'air de ne pas te voir, et effectivement je ne te vois plus. Mes yeux sont morts et le reste ne vaut guère mieux. Pourtant j'ai une vague conscience de ce que tu subis, et de t'y avoir entraînée. C'est pourquoi cette fois je ne déciderai pas sans toi.

Il y a un poste vacant à la station de poursuite du Kamtchatka. L'officier qui l'occupe part à la retraite. Il n'y a pas d'avions dans cette base. Le travail consiste à maintenir le contact radio avec l'espace et les hommes qui y vivent, lorsqu'à chaque révolution ils survolent la zone de réception. Commander la petite équipe sur place, veiller à l'entretien des installations qui se délabrent comme tout ce qui nous entoure, pour que là-haut ils aient l'assurance qu'une voix familière est là, qui les attend à chaque passage.

Rien de plus. Mais c'est un travail qui m'irait peut-être. J'ai vingt-quatre heures pour donner ma réponse. »

Le Kamtchatka ! L'endroit le plus reculé de ce pays... Le bout du monde ! C'est si loin le Kamchatka, que c'est ainsi qu'on appelle les élèves installés près du radiateur tout au fond de la classe. Quand ils s'agitaient, l'instituteur de Salekhard s'écriait : « Eh vous les Kamtchadales là-bas, taisez-vous ! »

Sur la carte cela ressemble à un crochet pendu à l'extrémité de la Russie, qui tenterait d'attraper le Japon sans parvenir à l'atteindre. À moins d'être un géant et de traverser en sautant sur les Kouriles, d'une île à l'autre.

La station de poursuite du Kamtchatka, ce n'est pas n'importe laquelle. C'est là qu'on avait envoyé Leonov pendant le vol de Gagarine. C'est de là qu'il a capté sa voix quand il est passé.

Être en lien heure après heure avec ceux de là-haut. Maintenir le contact. Ce serait cela son travail.

Je n'ai pas eu besoin de vingt-quatre heures. Au milieu de la nuit, je l'ai réveillé : « Dis oui, Vassia. Accepte le poste. Nous irons au Kamtchatka. »

On nous a donné très peu de temps pour nous préparer. Ce n'était pas un problème, toutes mes affaires tenaient dans deux valises. J'en avais laissé pas mal à Macha. Ce sont les adieux qui ont été longs. La petite Aniouchenka pleurait si fort qu'elle semblait sur le point de se noyer. Boris faisait le fier et retenait ses larmes. Macha m'a fait un beau cadeau. Elle m'a donné son collier d'agate que j'avais souvent admiré, en me disant qu'il me porterait chance. Celui qui nous a le plus étonnés, c'est le vieux Fédia. Quand il nous a embrassés, il s'est mis à sangloter : « Je ne vous l'ai jamais dit, mais vous êtes des gens bien tous les deux… Y en a pas tant que ça des gens comme il faut… Je vais vous regretter. »

Enfin on est partis. En avion pour Moscou, puis Vladivostok, puis Pétropavlovsk, ensuite dans un camion qui a roulé longtemps et nous a déposés dans un village qui porte un numéro et n'existe pas sur la carte, preuve que l'Union soviétique et ses obsessions perdurent encore dans ce lieu lointain. J'étais bien trop fatiguée pour m'en rendre compte : le voyage avait duré trente-huit heures. C'est seulement quand je me suis réveillée le lendemain que j'ai regardé autour de moi, et j'ai eu une bonne surprise. Le logement de fonction du commandant de la station de poursuite est une isba en bois traditionnelle, avec un perron surmonté d'un auvent et des frises colorées ornant la façade. Je ne pouvais rien espérer de mieux.

Vassia était déjà parti. Je suis sortie sur le perron, la voisine m'a dit bonjour. Elle m'a accompagnée au magasin d'État où j'ai fait les courses, puis je suis allée me promener un peu, me présenter aux gens. Ils sont chaleureux et gentils, légèrement bridés comme moi. Ils m'aident volontiers quand j'en ai besoin, avec une simplicité qui me facilite les choses.

Vassia part tôt chaque matin rejoindre la station qui se trouve à plusieurs kilomètres dans un terrain entouré de barbelés, je ne sais pas où précisément. L'apathie qui le tenait l'a quitté. Il rentre très tard, mais plein d'animation, en racontant beaucoup, comme avant. C'est un vrai soulagement pour moi. J'ai l'impression qu'Andreï avait vu juste, que le contact lui suffit. Il renaît ici.

Je prends le petit déjeuner avec lui, puis je fais comme oncle Mitia à ses débuts à Ketylin quand il n'avait pas encore la camionnette. Je pars à pied pour de longues marches dans les environs. C'est ainsi que je découvre petit à petit le pays nouveau qui nous a accueillis.

Depuis notre arrivée j'ai sans cesse envie de vous écrire. Le téléphone ne me va plus, il est tellement impuissant pour ce que je voudrais vous transmettre. En regardant le calendrier hier, j'ai réalisé que cela faisait déjà trois mois ? Aujourd'hui pas de promenade, je me suis assise à la table de la cuisine et j'ai juré de ne pas la quitter avant d'avoir fini cette lettre qui y traîne depuis des semaines.

C'est que j'ai tant de choses à vous raconter. Tout ici est étonnant, prodigieux. Rien de commun avec mon pays natal, ni avec aucun des paysages qui me sont familiers. Leur terre n'est pas plate… On n'y cesse de monter et descendre, elle est vallonnée, hérissée de montagnes, de collines… Et de volcans ! Ils m'ont fait le même effet que les arbres la première fois. Comme eux, ils ont chacun leur forme. Il y en a de pointus étroits du haut, et d'autres généreux au cratère évasé, qui éructent joyeusement leurs fumerolles. Ils soufflent, oncle Mitia, comme l'Ob, comme une baleine qui respire ! Leurs flancs sont plissés par les débordements de laves accumulées, à leurs pieds se forment de petites mares où l'eau bouillonne. Des geysers jaillissent ici et là et tous ces mâts liquides dansent ensemble au gré du vent en agitant leurs voiles de vapeur blanche. Le sol est strié de coulures fluorescentes, vertes ou jaunes, par lesquelles s'épanche l'activité incessante qui fermente là-dessous. Il faut faire attention en marchant.

Comment vous dire ? Je ne savais pas que la terre était chaude à l'intérieur… Elle est brûlante ! La vie qui l'anime est si forte que ses entrailles débordent de partout.

L'émerveillement que j'éprouve devant leur pays a touché aussi les Kamtchadales. Le maire du village est venu me voir il y a deux semaines. Il m'a demandé des nouvelles de notre installation, sur laquelle je n'avais rien à dire vu qu'elle est parfaite. Il m'a dit que les gens du pays nous appréciaient, Vassia et moi. Puis il a abordé le vrai sujet de sa visite. L'institutrice n'était pas native du coin. Elle est restée deux ans, mais vient d'envoyer sa démission : trop étrange, trop loin. Il n'y a pas de candidat, à la rentrée il n'aura pas d'autre choix que de fermer l'école ; et pour les enfants cela signifie l'internat à la ville. Est-ce que j'accepterais de la remplacer, au moins provisoirement, le temps qu'il trouve une solution ?

Mais j'ai une formation de chimiste, je ne sais pas du tout comment on apprend à lire à un enfant ! Ce sont des études supérieures, a-t-il répondu, et ce n'est pas si difficile. On a des manuels pour les maîtres à l'école. Vous pourriez les suivre. L'internat, c'est dur… Les parents vous seraient reconnaissants d'essayer.

J'étais très tentée, et Vassenka ne cessait de me pousser. J'ai consulté les manuels, je me suis rendu compte qu'en travaillant tout l'été, je pouvais faire quelque chose de correct. J'aurai trois niveaux différents, jusqu'à la cinquième classe. Ce n'est pas si facile que le maire le dit. Mais si ma mère a évité l'internat et pu passer son enfance dans la toundra, c'est grâce à des volontaires de ce genre, n'est-ce pas ? Vassia a éclaté de rire quand je lui ai dit que mon plus gros problème, c'était de savoir comment ici, au Kamtchatka, on appelle les élèves du fond de la classe.

Je me dis que si je réussis, je pourrais peut-être m'inscrire par correspondance pour passer le diplôme et prendre le poste définitivement. J'ai des rêves moi aussi. Oh, pas le cosmos ni les étoiles. Seulement devenir institutrice dans un village perdu au bout de la Russie, voir grandir des générations d'enfants à qui j'aurai appris la lecture, transmis la connaissance et le pouvoir des mots… De petits rêves à ma portée.

Il en est un que je n'avais plus. Cependant, il va décaler un peu ce projet.

J'ai une grande nouvelle à vous annoncer. Cela a dû se produire très tôt après notre arrivée, mais je n'y croyais pas. Pourtant je voyais que mon corps s'était modifié, trop pour que le seul changement de lieu pût l'expliquer. J'avais gonflé de la poitrine surtout, comme si les mamelons de la terre qui m'entoure m'avaient inspirée. J'ai demandé à la voisine de m'emmener et je suis partie à la ville consulter la gynécologue de l'hôpital. C'est une femme entre deux âges au visage triste. Elle m'a dit, avec ses yeux fatigués de dire la même chose vingt fois par jour : « On entend très bien son cœur. C'est une grossesse parfaitement normale. Pour la fin de l'automne. Bien que ce soit le premier, venez dès le début des contractions, la route sera enneigée. »

Il m'a fallu du temps pour m'habituer à cette idée. J'avais si peur de ne pas y arriver, de ne pas être à la hauteur. Sait-on trouver les gestes, quand on n'a plus auprès de soi celle qui les a d'abord accomplis ? C'est mon corps qui me rassure, il ne cesse de s'arrondir. Et Vassia. Il s'y est fait beaucoup plus vite que moi. Il ne peut pas retenir sa joie, il en parle à tout le monde. Il voudrait un garçon. Je préférerais une petite fille pour commencer, je crois que j'aurais moins de mal à deviner ses besoins, à être une bonne mère. Mais je lui ai promis qu'après nous aurions un fils. Tout me semble possible ici.

Oncle Mitia, ma douce Varia… C'est à vous que je dois ce bonheur. C'est votre amour patient qui a entretenu la braise et préservé en moi la possibilité d'enfanter. À quel point je vous suis reconnaissante tous les deux ! Je vous remercie chaque matin en me levant un peu plus lourde que d'habitude, chaque soir en me couchant plus fatiguée de ce poids qui me tire dans le bas du ventre, vers la vie enfin… Je vous remercie aussi infiniment, aussi profondément que je vous aime.

Léna

Quelle lettre que celle-là, quelle nouvelle !

Et comme Varvara a triomphé ! Alors, je ne vous l'avais pas dit qu'elle allait devenir féconde ? Non mais reconnaissez-le, si vous avez deux doigts d'honnêteté. Et cette imbécile d'Agafia qui trouve ça banal ! Ben oui elle est grosse, elle va avoir un enfant, ce ne sera pas le premier depuis que l'humanité existe. Mon Dieu qu'elle est gourde !

Ils se sont disputés pendant six mois, tout le temps de la grossesse. Varvara tenait résolument pour un garçon. C'est plus tendre, plus affectueux avec leur mère. Pourquoi cela ne conviendrait pas à Léna ? Dimitri n'était pas d'accord. Les garçons c'est trop remuant, trop brutal ; il lui faut un bébé qui sache la rassurer. Il voulait pour Léna une fille, douce et compréhensive, comme seulement peuvent l'être les femmes.

Or cette fois, pour la première fois de cette histoire, c'est Dimitri qui eut raison. Ce fut une petite fille. Avec exactement les qualités qu'il lui avait imaginées.

Elle fut mise au monde par la gynécologue fatiguée de procéder sans cesse au bonheur des autres. Elle pesait deux kilos neuf cent soixante, un poids favorable à l'accouchement. À peine sortie, on la posa sur la poitrine de Léna. Elle semblait aussi estomaquée qu'elle par la violence de la naissance. Mais elle récupéra plus vite. Au bout de quelques secondes elle s'appuya fermement sur ses deux avant-bras, regarda autour d'elle, cligna devant la lumière crue qui règne au-dehors. Puis elle leva la tête vers sa mère, et lui adressa ce regard intense que seuls possèdent les nouveau-nés.

Ils l'appelèrent Lioubov.

C'était un bébé facile, heureux de tout ce qu'on lui proposait. Elle prenait le sein avec volupté et s'endormait aussitôt du sommeil du juste, avec la satisfaction que procure le travail bien accompli. Elle accepta les bouillies, les purées de légumes et les pelminis avec le même contentement. Elle apprit bientôt à rire aux éclats, tout à fait comme son père, dont l'apparition le soir l'intriguait. Vivant la journée dans un monde de femmes, elle était attirée par cette voix grave. Elle l'écoutait avec un air de sérieux dans le visage qu'elle n'avait que pour lui. Quant à Vassia, il était séduit par la gaieté de sa fille, son regard curieux. À tel point qu'il lui arrivait de rentrer à la maison plus tôt : elle supplantait les étoiles. Il jouait avec elle, comme le font les pères, qui étonnamment en trouvent le moyen alors qu'un bébé ça ne sait jouer à rien. Léna, comme le font les mères, se contentait de la laver, la nourrir et la bercer.

L'époque était loin où le temps ne s'écoulait pas pour elle. Il s'était considérablement accéléré. Elle avait repris son travail à l'école, elle ne s'en tirait pas trop mal. Son inscription avait été acceptée et les cours par correspondance s'accumulaient sur son bureau. Le maire était ravi. Il passait régulièrement la voir, surtout pour lui rappeler d'envoyer les devoirs parce qu'il fallait qu'elle ait ce diplôme, on comptait sur elle. Cela se passait très bien avec les enfants. Elle leur avait fait une leçon de géographie sur la péninsule de Iamal, leur avait décrit son peuple et sa région natale. Du coup elle avait trouvé la solution. Quand le dernier rang s'agitait, elle criait : « Hé, les Nénètses là-bas, un peu de silence ! » Ils pouffaient, mais obtempéraient. Liouba tenait déjà assise et commençait à crapahuter dans l'isba. Elle avait hérité d'oncle Mitia son amour des livres ; elle les mordillait, les suçotait et les manipulait avec extase, surtout ceux qui avaient des images. Le dimanche Vassia la prenait sur son dos, dans un sac de l'armée où il avait découpé des trous pour les jambes, et ils partaient grimper de-ci de-là sur un volcan ou une colline.

Léna pouvait enfin confirmer que les familles heureuses n'ont pas d'histoire ; seulement des milliers de petites choses à raconter, comme elle le faisait chaque semaine quand elle appelait à Ketylin pour relater une nouvelle facétie de Lioubotchka.

Le pays en revanche en avait une. Il semblait ne pas se lasser de l'écrire, de préférence de façon dramatique. La chute de l'URSS devenait vertigineuse. On parlait de faillite, de ne plus payer les salaires des fonctionnaires. Cela lui était égal. Celui de Vassia leur suffisait, il était protégé pour l'instant. Elle découvrait que la caractéristique principale des familles heureuses, c'est un égoïsme féroce, une indifférence têtue à tout ce qui n'est pas leur bonheur. Un soleil sans partage régnait enfin sur sa vie, elle ne laisserait rien le menacer.

Pourtant l'ombre l'a rattrapée. D'abord elle est apparue seulement dans un coin du paysage : le ton de Dimitri avait changé au téléphone. Il ne disait pas ce qui le souciait, mais elle sentait que son intonation n'était plus la même. Varia avait une drôle de voix, elle reprenait plusieurs fois sa respiration quand elle lui parlait. Elle ne se fâchait plus, ne critiquait plus. Parfois elle l'entendait mal, mais elle avait l'impression que ce n'était pas à cause de la ligne. Un voile sombre s'étendait sur le cœur de Léna. Elle ne pouvait s'en distraire. Ses journées avaient beau être remplies entre son travail à l'école et Lioubotchka le soir, ce voile l'accompagnait en permanence. Elle a demandé à Vassia d'appeler, d'essayer de savoir.

Il s'est renseigné. Il a téléphoné au facteur, à Igor le menuisier et au secrétaire de cellule. Il a eu des informations. Et l'ombre a tout occupé.

Varvara est malade. Son cœur est au bout du rouleau. Le docteur a augmenté la Cardiotonine, et sa vie est suspendue à ces quelques gouttes trois fois par jour. Lorsqu'elle saute une prise, le moindre effort l'essouffle et elle n'arrive même plus à se lever. Mais le système de santé s'est effondré. Les médicaments et les consultations qui étaient gratuits, il faut les payer entièrement maintenant. Et le taux de leurs pensions a été divisé par dix. Ils ne survivent que grâce aux mandats que leur envoient Vassia et Léna, mais c'est loin d'être suffisant. Souvent Dimitri se prive de repas pour acheter la Cardiotonine. Il ne va pas très bien non plus.

La mort prochaine de Varvara est pour Léna une douleur qu'on ne peut ni atténuer, ni même approcher. Vassia n'essaie pas. Il consacre son énergie à trouver un moyen d'aller à Ketylin, d'y amener la petite Liouba. Il veut que les deux vieux la prennent dans leurs bras avant de partir. Il veut qu'ils voient Léna mère. Il veut que s'arrête la torture de ce téléphone grésillant, seul lien avec ceux qu'elle aime, qui se meurent à 7 000 kilomètres de là. Les anciens cosmonautes ont encore une certaine aura. Puisque tout est à vendre, il a négocié son passage dans une émission télévisée et s'est produit entre un chanteur de rock et une star montante de la nouvelle politique. Il a tiré de sa prestation le prix de leurs billets à tous les trois jusqu'à Ketylin.

Le fret est gratuit, l'armée a accepté de le prendre en charge. Du coup ils n'ont pas lésiné, ils emportent tout ce qu'ils peuvent comme vivres et médicaments ; des couvertures aussi, du matériel qui pourrait être utile. Léna n'a cessé d'en rajouter. Petit à petit une pile de bagages s'est dressée dans la pièce principale de l'isba.

C'est la veille de leur départ. Ils ont vérifié de nombreuses fois, ils n'ont rien oublié. Ils parlent de ce ton las qu'ont les gens dans l'épreuve. Lioubochenka ne comprend rien à ce qui se passe. Elle vient d'avoir un an, son souci à elle c'est que cela fait trois mois qu'elle se traîne à quatre pattes. Elle commence à en avoir assez. Elle devrait pouvoir faire mieux maintenant si elle était soutenue. Pourquoi ils ne font plus attention à elle ? N'importe, il y a ce tas au milieu du salon, on pourrait peut-être en profiter.

Elle a pris appui sur les valises, se balance d'un pied sur l'autre… Mais on dirait qu'elle est prête ! C'est Vassia qui s'en aperçoit le premier :

– Vas-y Lioubotchka, lui dit-il, lance-toi ! L'espace… Une patte puis l'autre, c'est tout ! Tu iras plus loin, toujours plus loin ! Les frontières sont ouvertes pour toi, tu n'auras pas besoin de quitter la terre pour te sentir libre. Tu iras en Amérique si tu veux, tu iras voir les églises de France… Vas-y, ose !

Léna tend les bras vers sa fille pour l'encourager. Elle lui parle tout doucement. Elle lui dit de ne pas se soucier de l'arrivée. Il faut aller droit devant, un pas après l'autre, en suivant la trace. Oncle Mitia lui montrera demain, il lui apprendra à marcher sur la mer. C'est facile quand le gel est solide. N'aie pas peur, Lioubotchka, avance…

À droite il y a son père, il a enlevé son uniforme et l'a posé à côté de lui. Sur les épaulettes il y a des galons dorés qui scintillent, c'est très attirant. Sur la casquette aussi. Il la tient dans ses mains, ça brille quand il la remue. En face il y a la voix si douce de sa mère. Elle se met à chanter, une mélopée rauque et étrange, celle que chantent depuis le fond des âges les nomades nénètses de la péninsule de Iamal pour bercer leurs petits dans le tchoum.

La petite Liouba hésite. Elle lâche le monticule de bagages, son visage prend une expression hardie. Elle se lance. Une patte, puis l'autre, puis l'autre encore…

REMERCIEMENTS

À Catherine, Guy et Marie Bourreau

À Grand Nord Grand Large et à Jean-Luc et Nicole Albouy, qui m'ont emmenée dans le Nord

Aux enseignants de l'Inalco pour l'exceptionnelle qualité de leur transmission, et tout particulièrement à Nicolaï Berg, Anne-Victoire Charrin, Claire Hauchard, Ludmilla Kapoustina, Andreï Lebedev, Andreï Ratchinski

À Sergueï et Jana de Voronej

Le Livre de Poche s'engage pour l'environnement en réduisant l'empreinte carbone de ses livres. Celle de cet exemplaire est de :
250 g éq. CO_2
Rendez-vous sur www.livredepoche-durable.fr

PAPIER À BASE DE FIBRES CERTIFIÉES

Composition réalisée par DATAGRAFIX

Achevé d'imprimer en août 2013 en France par
CPI BRODARD ET TAUPIN
La Flèche (Sarthe)
N° d'impression : 3001749
Dépôt légal 1re publication : septembre 2013
LIBRAIRIE GÉNÉRALE FRANÇAISE
31, rue de Fleurus – 75278 Paris Cedex 06

31/7567/6